SPARBUCH TOD

RUHRGEBIETS-KRIMI

HARRY LINDEN

VORWORT

Da wäre noch was ...
Die Geschichte ist frei erfunden. Alle Ähnlichkeiten mit lebenden oder verstorbenen Personen sind zufällig und nicht beabsichtigt.

1

»Guten Morgen, Herr Hader, ich möchte Geld von dem Sparbuch abheben, bitte.«

Jens Hader, Leiter der Filiale Am Kortländer der Glückauf Bank, musterte, mit gerunzelter Stirn, den kleinen blonden Jungen, der ihn freundlich anlächelte. Das Gesicht kam ihm bekannt vor, aber der Name dazu wollte ihm partout nicht einfallen.

»Wie viel soll es denn sein?«, fragte er und nahm das Buch entgegen.

»Ich soll 50 EUR mitbringen, hat Frau Winter gesagt. Das Kennwort hat sie mir auch verraten.«

»Aha«, murmelte Jens leicht desinteressiert. Rasch füllte er den Auszahlungsbeleg aus und gab ihn zurück. Mit hoch konzentriertem Gesichtsausdruck und der Zunge im Mundwinkel unterschrieb der Junge den Beleg und trug das Kennwort ein.

»Ohne das Kennwort darf jeder, der das Buch hat, Geld davon abheben«, erklärte er stolz.

»Danke, aber ich arbeite hier schon eine Weile und weiß, wie es funktioniert«, antwortete Jens und versuchte, nicht unfreundlich zu klingen. Heute hatte er wirklich keinen Nerv für Besserwisserei.

Der Kleine nickte begeistert. »Ich weiß, Sie sind der Leiter der Geschäftsstelle.« Langsam drehte er sich zu der leeren Kassenhalle um. »Viel ist hier ja nicht los. In der Hauptstelle sind um die Uhrzeit mehr Kunden.«

Jens grummelte verärgert, weil es stimmte. Der Naseweis, dessen Name ihm nicht einfallen wollte, war am heutigen Donnerstagmorgen der erste Kunde. In der kleinen Zweigstelle der Glückauf Bank ging es, solange er sich erinnern konnte, sehr ruhig und gemütlich zu. Die Kundschaft bestand zum größten Teil aus Rentnern und einer Handvoll Geschäftsleuten, die regelmäßig vorbeikamen. Das vor sich hin plätschernde Bankgeschäft hatte einen jähen Einbruch erlitten, nachdem das Teilstück der Brückstraße wegen Bauarbeiten gesperrt wurde. Aus den geplanten drei Monaten waren inzwischen zwölf geworden. Die Baustelle blockierte die Straße zur Zweigstelle. Als wäre das nicht störend genug, wurden ausgerechnet jetzt die Gehwege erneuert. Parkmöglichkeiten gab es keine mehr. Jeder, der nicht gut zu Fuß war, lief Gefahr, sich ein Bein zu brechen. »Und warum bist du um die Zeit nicht in der Schule …?«

»Lehrerkonferenz!« Mit einem breiten Lächeln strahlte ihn der Junge an. »Sie haben meinen Namen vergessen? Ich bin der Nils.«

Die Frage, die eher wie eine Feststellung klang, ignorierte Jens. Stattdessen drehte er sich zu dem Kassenterminal und machte die erforderlichen Eingaben für die Abhebung. Die Kennwortsperre erschien auf dem Bildschirm und er verglich die beiden Wörter miteinander. Es war korrekt und er bestätigte die Sperre. Gerade als er sich zu Nils umdrehen wollte, tauchte ein weiterer Hinweis auf:

Kontoinhaber nicht ermittelbar. Konto wegen Umsatzlosigkeit zur Auflösung vorgemerkt!

Das war ungewöhnlich. Skeptisch beobachtete er den Jungen, der ihn weiterhin freundlich anlächelte. »Du kannst von dem Buch nichts abheben. Es ist gesperrt.«

Das Lächeln fiel in sich zusammen und der Kleine sah ihn

mit großen Augen verwundert an. »Aber Frau Winter hat es mir selbst gegeben ...«, stammelte er.

»Trotzdem ist es gesperrt«, wiederholte Jens, dieses Mal etwas unfreundlicher. Danach suchte er im System nach Informationen zu dem Vorgang. Einen erklärenden Hinweis oder Vermerk gab es leider nicht. Kurzerhand warf er einen Blick auf das verfilmte Auftragsformular im elektronischen Dokumentenarchiv. Was für eine Sauklaue, dachte er und entzifferte mühsam die Handschrift. Einfach war es nicht, aber die Kundin hatte das Sparbuch offensichtlich verloren. In dem Fall war es jedoch die falsche Sperre. Mit der rechten Hand tippte er auf das Buch und behielt dabei den Jungen im Blick. »Das Sparbuch ist wegen Verlust gesperrt und ich werde es hierbehalten. Wie ist dein Familienname?«, fragte er mit strenger Stimme.

Nils schüttelte heftig den Kopf und verschränkte die Arme vor der Brust. Mit trotzigem Gesichtsausdruck sah er zu Jens hoch. »Ich habe das Buch nicht gestohlen. Rufen Sie doch die Frau Winter an und fragen Sie nach!«

»Das werde ich tun, aber zuerst verrätst du mir wie du heißt und wo du wohnst!«

»Das geht Sie gar nichts an!« Nils drehte sich auf dem Absatz um und rannte Richtung Ausgang.

»Stehenbleiben!«, brüllte ihm Jens hinterher. Hastig kam er um den Tresen herum und verfolgte ihn. Die fehlende Ausdauer und das dezente Übergewicht machten sich sofort bemerkbar. Nach wenigen Schritten ging ihm die Puste aus und er blieb keuchend stehen. In der Zwischenzeit war der Junge durch die Tür verschwunden. Keine Chance, ihn einzuholen.

Frau Bach, die Auszubildende im ersten Lehrjahr, die im Vorraum gerade ein Plakat aufgehängt hatte, sah dem Flüchtenden kopfschüttelnd hinterher. Mit der Post auf dem Arm kam sie danach zurück und musterte Jens mit einem amüsierten Lächeln auf den Lippen.

»Warum haben Sie ihn nicht aufgehalten?«, keuchte er

atemlos. Sie war deutlich sportlicher als er und es wäre ihr ein Leichtes gewesen. Außerdem ging sie regelmäßig Joggen, wie sie selbst erzählt hatte. Die junge Frau lachte und der lange schwarze Zopf hüpfte auf und ab. »Hat der kleine Nils uns überfallen oder warum veranstalten Sie so ein Theater, Chef?«

»Sie kennen den Halunken?«

Sie nickte bestätigend. »Sicher, das ist der Sohn von Ingo Schwarz aus der Hauptstelle.«

»Und woher wissen Sie das?«

»Sie haben ein Gedächtnis wie ein Sieb, Chef!« Sie seufzte theatralisch. »Bevor ich zu Ihnen versetzt wurde, durfte ich ein paar Wochen im Zahlungsverkehr aushelfen. Nils kam manchmal vorbei und hat seinen Vater abgeholt.«

Ja, langsam erinnerte er sich wieder. Frau Bach hatte Ihre Ausbildung in einer Filiale in Dortmund begonnen. Vor wenigen Monaten war sie überraschend in seine Geschäftsstelle versetzt worden. Die Hintergründe dafür kannte er nicht. Ralf Schreiber, Personalchef und sein ehemaliger Ausbildungskollege, hatte ihm gegenüber vage Andeutungen gemacht. Jens hatte nicht weiter nachgefragt und es dabei belassen. Die Vorgeschichte interessierte ihn nicht und er wollte sich ein eigenes Bild von der jungen Frau machen. Dass ausgerechnet seine Zweigstelle gewählt wurde, hatte ihn überrascht. Hier gab es nur wenig zu tun und das Geschäft war seit Jahren rückläufig. Der Verdacht lag nahe, dass die Personalabteilung sie auf diese Art und Weise rausekeln wollte. Bisher war der Plan nicht aufgegangen. Frau Bach hatte sich nahtlos in das kleine Team eingefügt. Sogar der stets schlecht gelaunte und muffelige Hauptkassierer Herr Maas, der kurz vor der Rente stand, hatte sie ins Herz geschlossen. An ihrem Auftreten und der Arbeitseinstellung gab es nichts zu kritisieren. Jeden Morgen erschien sie überpünktlich und hoch motiviert auf der Arbeit. Einzig das lose Mundwerk und ihre direkte Art passten nicht zu einer angehenden Bankkauffrau. Trotzdem, oder deswegen, mochten die Kunden sie. Außerdem machte ihr das Verkaufen sichtlich Spaß. Schnell war er zu der Erkenntnis gekommen, dass ihre Fähigkeiten hier vergeudet wurden. Nach seiner Meinung fragte aber niemand.

»Das Buch ist gesperrt. Er könnte es gefunden oder gestohlen haben?«, erklärte er.

Ihre blauen Augen blitzten amüsiert und sie schüttelte den Kopf. »Blödsinn, Chef. Der Kleine ist pfiffig und auf Zack. Er weiß garantiert, wie es bei uns abläuft und ist nicht so dumm. Dafür gibt es sicher eine logische Erklärung.«

Jens blieb skeptisch. In den 25 Jahren seiner Betriebszugehörigkeit hatte er die tollsten Sachen erlebt. »Wenn Sie so lange dabei sind wie ich, ändern Sie ihre Meinung garantiert.«

Frau Bach machte ein Gesicht, als ob sie sich verschluckt hätte und prustete. »Sie sind Anfang vierzig Chef und nicht neunzig. Ist es nicht ein bisschen zu früh für eine Midlife-Crisis?« Den bösen Blick, den er ihr zuwarf, ignorierte sie geflissentlich und zwinkerte ihm stattdessen zu. »Übrigens, Glückwunsch zu ihrem 25-jährigen Dienstjubiläum, Herr Maas hat es mir verraten. Hat ihre komische Laune etwas mit dem Termin in der Personalabteilung gleich zu tun? Der Vorstand hat sicher eine schöne Überraschung für Sie parat.«

Er schnaubte und schüttelte den Kopf. Vor dem Termin und der Überraschung graute es ihm. Positiv würde sie garantiert nicht sein. Nein, eher das Gegenteil war der Fall. Die Aussicht auf das Gespräch lag ihm schwer im Magen. Die Halbjahreszahlen hatte er vor wenigen Tagen erhalten und sie waren eine Katastrophe. Das schlechteste Ergebnis, solange er sich erinnern konnte. Noch war der Ertrag nicht ins Minus gerutscht und sie erwirtschafteten wenigstens die Betriebskosten. Im Vergleich mit den anderen Standorten im Ruhrgebiet hatten sie den Anschluss verpasst. Im Gesamtranking lagen sie weit abgeschlagen auf dem letzten Platz. Von Januar bis jetzt im Juli hatten alle Bemühungen und Anstrengungen nichts daran geändert. Geschah kein Wunder, war es das und die Filiale wurde geschlossen. Damit wollte er die Auszubildende nicht belasten. Außerdem musste er sich jetzt erst einmal um das Sparbuch kümmern. »Sie übernehmen den AKT und ich versuche, die Kundin zu erreichen.«

»Das war sicher alles ein Missverständnis«, wiederholte Frau Bach.

Natürlich musste genau in dem Augenblick, als er sich an den Schreibtisch setzte, das Telefon klingeln. Ein interner Anruf, aus der Revisionsabteilung. Hoffentlich keine Prüfung, das hätte ihm gerade noch gefehlt. Widerwillig nahm er das Gespräch entgegen.

»Am Kortländer, Hader.«

»Revision, Bachmann. Einen schönen guten Morgen wünsche ich. Wir hatten lange nicht mehr das Vergnügen und ein Besuch ist überfällig. Montag um acht komme ich vorbei und werde das Kassengeschäft prüfen. Die Liste mit den Anforderungen habe ich Ihnen per Mail zugeschickt. Bitte bereiten Sie alles Notwendige vor, damit ich direkt mit der Arbeit beginnen kann. Vielen Dank.«

Jens öffnete die E-Mail und fluchte stumm. Es war immer das gleiche: Die Damen und Herren aus der Revisionsabteilung hatten keine Lust auf die unangenehmen Aufgaben und delegierten sie dreist an die Geschäftsstellen weiter. Zu widersprechen traute sich niemand. Zu groß war das Risiko, bei der nächsten Prüfung besonders gründlich kontrolliert zu werden. Eine schlechte Beurteilung konnte sich niemand erlauben. Im schlimmsten Fall musste man dem Vorstand Rede und Antwort stehen, warum man die kostbare Zeit mit Verwaltungskram vergeudete, anstatt zu verkaufen. Jens warf einen kurzen Blick auf die Uhr. Mist, in zwanzig Minuten war der Termin in der Personalabteilung. Das wurde alles zu knapp. Auf das Genörgel des Kollegen hatte er keine Lust, aber er musste ihn in seiner ausgedehnten Mittagspause stören. Den Weg nach unten sparte er sich. Stattdessen griff er zum Telefon und rief im Pausenraum an. Es klingelte zwölf Mal, bevor das Gespräch endlich angenommen wurde.

»Ich habe Pause«, ertönte es sichtlich genervt aus dem Hörer. »Was immer es ist, die Svenja kann das allein erledigen.«

»Leider nicht. Herr Bachmann kommt Montag früh und prüft die Kasse. Bis dahin …«

»Ausgerechnet der Korinthenkacker«, polterte der Kassierer sofort los. »Der hat immer was zu meckern und vergibt nur schlechte Noten.«

Für diese Diskussion hatte Jens keine Zeit. Bei jeder Prüfung fanden die Kollegen aus der Revision Dinge, die sie zu beanstanden hatten. Arbeit einhundert Prozent nach Vorschrift funktionierte nur in der Theorie. In der Praxis musste man gelegentlich improvisieren und die Regeln ein wenig biegen. Zu häufig durfte an den Anweisungen jedoch nicht vorbeigearbeitet werden. Kleinigkeiten fielen, solange sie sich im Rahmen hielten, nicht besonders ins Gewicht.

»Sehen Sie es positiv. Es ist Ihre letzte Kassenprüfung, bevor sie in den Ruhestand gehen.«

Die Aussicht auf die Rente stimmte den Kollegen nicht milder. »Trotzdem muss ich jetzt alles kontrollieren und die Nachweislisten auf den neuesten Stand bringen. Das nimmt sicher den ganzen Nachmittag in Anspruch«, stänkerte er weiter.

Jens wies ihn nicht darauf hin, dass der Zusatzaufwand seiner Faulheit geschuldet war. Arbeitete man sorgfältig und hielt alles aktuell, wäre es nicht notwendig gewesen. Nein, auf diese Endlosdebatte würde er sich nicht einlassen.

»Frau Bach wird Ihnen helfen. Legen Sie die Listen auf meinen Tisch und ich unterschreibe sie, sobald ich wieder da bin.«

Nach dem Telefonat lehnte er sich einen Augenblick im Schreibtischstuhl zurück, verschränkte die Arme hinter dem Nacken und starrte an die Decke. Jetzt der Termin in der

Hauptstelle und am Montag die Revisionsprüfung. Schlimmer konnte es an sich nicht mehr kommen.

»Was fällt Ihnen ein, dem armen Jungen mein Sparbuch wegzunehmen?«, keifte ihn eine Frauenstimme aus heiterem Himmel von der Seite an. Jens zuckte zusammen und fiel vor Schreck fast vom Stuhl. Mit einem Mal verspürte er einen stechenden Schmerz in der Brust und fasste sich an die Stelle. »Unterstehen Sie sich, einen Herzinfarkt zu bekommen. Zuerst will ich das Buch zurück und dann entschuldigen Sie sich!«

Konzentriert atmete er ein und aus und blendete alles um sich herum aus. Quälend langsam beruhigte sich der rasende Herzschlag wieder und die Schmerzen ließen nach. Interessiert musterte er die Rentnerin, die sich so leise angeschlichen hatte. Offensichtlich hatte sie es eilig gehabt, hierherzukommen. Die mittellangen grauen Haare auf der linken Seite standen wirr vom Kopf ab. Die rechts steckten in pinken Lockenwicklern. Sie trug ein geblümtes Schürzenkleid, unter dem ein Paar Hausschuhe hervorlugten. Er verbarg die Verärgerung über die unfreundliche Störung und lächelte.

»Wie kann ich Ihnen helfen, Frau …?« Im selben Augenblick entdeckte er, leicht schräg hinter der Kundin, Nils. Der erwiderte unerschrocken seinen Blick.

Seine Frage wurde ignoriert, stattdessen streckte sie fordernd die Hand aus. »Ich will auf der Stelle das Sparbuch zurück!«

Jens seufzte stumm. Er ahnte, was als Nächstes passieren würde. Trotzdem behielt er das freundliche Lächeln bei. »Dafür benötige ich bitte Ihren Personalausweis.«

Wie nicht anders zu erwarten, passte die Antwort der Frau überhaupt nicht. Sie stemmte die Hände in die Hüften und beugte sich drohend nach vorn. Wie ein Wolf fletschte sie die Zähne und präsentierte dabei ein tadelloses Gebiss. »Das ist eine Unverschämtheit. Ich will sofort den Geschäftsstellenleiter sprechen.«

Am liebsten wäre er aufgestanden und nach wenigen

Sekunden wiedergekommen. Der Scherz wäre nicht gut angekommen, daher ließ er es. »Ich bin Herr Hader und der Zweigstellenleiter«, erklärte er in aller Ruhe. »Leider kennen wir uns noch nicht ...«
»Natürlich kennen Sie mich nicht. Woher auch? Ich war noch nie hier!«, giftete sie ungeduldig los. Schweigend nickte er. Während er sich eine diplomatische Erwiderung zurechtlegte, zog Nils am Arm der alten Frau und lenkte sie kurz ab. Die beiden flüsterten leise miteinander. Nach wenigen Augenblicken drehte sich die Rentnerin wieder zu ihm und sah ihn vorwurfsvoll an. »Warum haben Sie mir es nicht sofort vernünftig erklärt? Dann hätten wir uns das Theater hier sparen können.« Aus der Schürze fischte sie ihren Personalausweis und knallte ihn schwungvoll auf den Tisch.

Die Daten waren schnell überprüft. Alles hatte seine Richtigkeit: Die Kundin vor ihm war Frau Winter und das Sparbuch gehörte ihr. Im Handumdrehen war es entsperrt. Zwar grummelte sie ein wenig, unterschrieb dann aber den erforderlichen Beleg. Nachdem das kleine Missverständnis aufgeklärt war, bestand sie auf einer Entschuldigung. Jens trug es mit Fassung. Freundlich und ohne jemandem einen Vorwurf zu machen, kam er der Aufforderung nach. Der Fehler war passiert und darüber zu diskutieren war sinnlos. Unabhängig von ihrem Auftreten würde die Kundin Recht bekommen, falls sie sich beschweren sollte. So war das eben: Wohlhabende Kunden wurden bevorzugt behandelt. Inzwischen ging es in der Glückauf Bank nur noch um Vertragsabschlüsse. Damals, als er mit sechzehn Jahren die Ausbildung begonnen hatte, war es anders gewesen. Zu der Zeit stand die Beratung im Vordergrund und nicht der Zwang, unbedingt etwas zu verkaufen.

Frau Winter verließ mit Nils im Schlepptau die Zweigstelle. Ich werde langsam zu alt für diesen Mist, dachte sich Jens und sah den beiden nachdenklich hinterher.

»Sie müssen los, Chef, ansonsten kommen Sie zu spät!«, störte Frau Bach seine trüben Gedanken. Wie von der Tarantel gestochen schoss er aus dem Stuhl. Hektisch stopfte er alle Unterlagen in die Schreibtischschublade und schloss sie ab. Ein kurzer Blick auf die Uhr. Leider hatte er die Straßenbahn gerade verpasst. Daher machte er sich zu Fuß in der warmen Sommersonne auf den Weg zur Hauptstelle.

2

Svenja sah ihrem Chef kopfschüttelnd hinterher, wie er hastig aus der Zweigstelle rannte. Wäre die Kundin mit ihr so umgesprungen, hätte sie ihr gehörig die Meinung gegeigt und sich garantiert Ärger mit der Personalabteilung eingefangen. Herr Hader hingegen war die Ruhe selbst geblieben und hatte sich nichts anmerken lassen. Freundlich lächelnd hatte er sogar die Schuld für etwas auf sich genommen, was er nicht verbockt hatte.

Sie war inzwischen ein paar Monate Am Kortländer eingesetzt und er sorgte laufend für Überraschungen und lustige Momente und bemerkte es nicht einmal. Herr Maas, der immer miserable Laune hatte, obwohl er nicht viel arbeitete und nur faul herumsaß, hatte ihr Herrn Haders Alter verraten. Sie konnte es nicht fassen: Statt der geschätzten fünfzig war er gerade einmal einundvierzig Jahre alt. Das lag auf jeden Fall mit an seinem Outfit. Die Anzüge mochten in den Neunzigern modern gewesen sein, aber er trug sie brav weiter. Außerdem hatte er die seltsame Angewohnheit, die Hose zu weit hochzuziehen. Das betonte seinen Bauch unvorteilhaft. Nicht dass er übermäßig dick war, aber für sein Gewicht war er mit etwa einem Meter achtzig zu klein. Mit dem restlichen Erscheinungsbild sah es nicht besser aus.

Einmal im Monat verschwand der Chef zum Friseur um die Ecke und ließ sich die mittellangen schwarzen Haare ruinieren. Schneiden war die falsche Bezeichnung dafür. Der Inhaber hatte den Rentenbeginn seit zwei Jahrzehnten überschritten und so sahen die Haarschnitte aus. Langweilig und aus der Mitte des letzten Jahrhunderts.

Ihren gut gemeinten Rat, einen Wechsel in Betracht zu ziehen, hatte Herr Hader empört abgelehnt. Der Ladeninhaber war Kunde und er musste unterstützt werden. In Verbindung mit seinem beherrschten, desinteressiert und phlegmatisch wirkendem Auftreten, machte ihn das älter. Wie er sich in der Freizeit kleidete, wusste Svenja nicht, aber sie ahnte nichts Gutes. Als sie ihn einmal damit aufzog, hatte er sie nur irritiert angesehen und verständnislos mit dem Kopf geschüttelt. Garantiert mit einer der Gründe, warum er Single war.

Die Information hatte sie vom Kassierer, der keine Gelegenheit ausließ, über den Chef zu lästern. Wie es der Zufall wollte, kehrte besagter Kollege, genau jetzt, aus der Mittagspause zurück. In aller Seelenruhe schlenderte er nach draußen, um eine Kippe zu rauchen. Sicher die Vierzigste heute. Anfangs hatte sie sich darüber gewundert, warum er mit den Dreistigkeiten durchkam und der Chef kein Machtwort sprach. Inzwischen verstand sie: Es war Zeitverschwendung und kostete unnötig Nerven. Seit dem Tag ihrer Ankunft hatte der kleine drahtige Mann das Arbeiten fast vollständig eingestellt. Alles, worauf er keinen Bock hatte, ließ er sie machen. Schlimm fand sie es nicht. In der Zweigstelle gab es kaum zu tun und so lernte sie viele Dinge vor ihren Ausbildungskollegen.

Als Chef war Herr Hader einsame Spitze. Im ersten Monat hatte er sie genaustens beobachtet und kontrolliert. Offensichtlich war er mit ihren Fähigkeiten zufrieden. Danach ließ er sie einfach machen. Sie durfte eigenständig die Kunden beraten und bekam sogar die Provisionen, die es bei manchen Vertragsabschlüssen gab. In ihrer alten Geschäftsstelle war das nicht der Fall gewesen. Der Leiter und die Berater hatten sie kackendreist angelogen: während der Ausbildung ginge das nicht und die Verkäufe zählten nicht für die internen Wettbewerbe. Totaler Blödsinn, wie ihr Herr Hader nach ihrem ersten Abschluss erklärte.

Der Wechsel in die kleine Zweigstelle kam für sie aus heiterem Himmel. Sie hatte nichts verbrochen und der Ausbildungsbetreuer wimmelte sie ab. Willkommen war sie bei der Glückauf Bank nicht. Schreiber, der Personalchef, wollte sie heraus ekeln und machte keinen Hehl daraus. Feuern konnte er sie nicht – dafür hatte sie gesorgt. Ein Fehler, den sie inzwischen einsah. Alles Jammern half nichts, das Kind war in den Brunnen gefallen und sie musste da jetzt durch. Die Angelegenheit war heikel und sie konnte niemanden um Rat bitte. Außerdem kannte sie in Bochum kaum jemanden. Der Jugend- und Auszubildendenvertretung sowie dem Personalrat traute sie nicht über den Weg.

Herr Maas kam zurück in die Zweigstelle. »Etwas Interessantes passiert als ich in der Pause war?«, wollte er sofort wissen. Svenja zuckte mit den Achseln und erzählte ihm von dem Sparbuch.

»So ein Mist«, schimpfte er mit rauchiger Stimme los. »Endlich ist hier mal was los und ich verpasse es.«

»Lustig war das ehrlich gesagt nicht. Erst tat mir der Kleine leid, weil der Chef so grummelig war, und dann tat der mir leid, weil die Kundin so einen Ausraster hatte.«

»Glaub mir, Kindchen, an seiner Stelle, hättest du auch miese Laune. Der Vorstand wird ihm gleich gehörig den Marsch blasen.«

Überrascht hob sie eine Augenbraue an. »Geht es bei dem Termin nicht um das Dienstjubiläum?«

Herr Maas wieherte lachend und bekam prompt einen Hustenanfall. Nach einem Schluck aus der Kaffeetasse räusperte er sich umständlich. »Blödsinn! Sobald ich in Rente bin, wird die Zweigstelle dichtgemacht, jede Wette. Für die paar

Kunden, die Geld abheben oder das Sparbuch nachtragen lassen, lohnt es sich nicht.«

Bei dem Gedanken an eine erneute Versetzung bekam sie ein ungutes Gefühl in der Magengegend. Der Ausbildungsplatzwechsel hatte zu den wildesten Spekulationen geführt. Nicht, dass sie wieder zwangsweise in der Zahlungsverkehrsabteilung aushelfen musste, bis man einen neuen Einsatzort für sie fand. Die Kollegen waren alle freundlich gewesen, aber niemand von ihnen machte einen Hehl daraus, dass er dort unfreiwillig war. Der sonst nicht besonders einfühlsame Kassierer sah sie kopfschüttelnd an.

»An deiner Stelle würde ich mir eine andere Ausbildung suchen. Etwas mit mehr Zukunft und wo du nicht armen Menschen überflüssige Versicherungen aufschwatzen musst.«

Svenja setzte eine neutrale Miene auf und zuckte mit den Achseln. Viele Möglichkeiten blieben ihr nicht. Ohne den Ausbildungsplatz bezahlte das Arbeitsamt ihre kleine Wohnung nicht. Zwar hatte sie Anspruch auf BAföG, aber ein Studium kam für sie nicht infrage. Ein paar Wochen hatte sie die Vorlesungen an der Ruhr-Uni Bochum besucht und es war die reinste Folter gewesen. Nein, sie hatte sich fest vorgenommen, Bankkauffrau zu werden, und sie würde es allen Widerständen zum Trotz durchziehen. Außerdem hatte sie Spaß an der Arbeit mit den Menschen und mochte ihre Kollegen – sogar den grummeligen Muffelkopf. »Ich weiß Ihre Sorge zu schätzen, aber ich fühle mich hier wohl.«

»Wie oft denn noch?«, polterte er unvermittelt los. »Wir duzen uns und beim nächsten ›Sie‹ werde ich ernsthaft böse.«

Der übertriebene Ausbruch brachte sie zum Lachen und ihre Laune verbesserte sich schlagartig. Das ewige Grummeln und Gestänker ignorierte sie und sie nahm den Kollegen gerne auf die Schippe. Das war sicher der Grund, warum sie sich so gut verstanden. »Aye, Aye, Wilfred!«

Er warf ihr einen grimmigen Blick zu und sah sie mit leidendem Gesichtsausdruck an. »Genug geschwatzt. Wir haben einiges zu tun, bis der Geier von der Revision am

Montag auftaucht. Du übernimmst den AKT. In der Zwischenzeit gehe ich in den Keller und hole die Kassenordner.«

Normalerweise hätte Svenja den automatischen Kassentresor, kurz AKT, nicht allein bedienen dürfen. Bei drei Leuten in der Geschäftsstelle ging es häufig nicht anders. Anfangs hatte sie sich mit dem Gerät schwergetan, aber inzwischen beherrschte sie alles im Schlaf. Da weit und breit kein Kunde zu sehen war, setzte sie sich an ihren Schreibtisch. Ein Luxus, den sonst niemand in ihrem Lehrjahr hatte. Sie schnappte sich die Kundenliste der laufenden Marketingkampagne und griff zum Telefonhörer.

Fünf Minuten später stürmte eine sichtlich aufgeregte Frau Winter in die Zweigstelle. Suchend sah sie sich um. »Ich muss auf der Stelle den Leiter sprechen! Es ist ein Notfall!«

Svenja ließ sich von der Hektik der Kundin nicht anstecken. »Herr Hader hat einen Termin außer Haus. Kann ich Ihnen in der Zwischenzeit behilflich sein?«

»Nein, das können Sie nicht! Wann kommt er wieder?«

»Das kann etwas dauern, möchten Sie ...«

»NEIN!«, keifte die alte Dame bissig. »Ich warte am Schreibtisch auf ihn!«

Na Halleluja, dachte Svenja verärgert. Kaum war der Chef aus dem Haus, tanzten die Mäuse auf den Tischen. In Ruhe die Kunden anrufen, konnte sie sich jetzt von der Backe putzen. Stattdessen musste sie die Rentnerin im Auge behalten und aufpassen, dass sie nichts anstellte.

Zehn Minuten später kam Wilfred zurück. »Was will die Olle hier?«, fragte er, ohne die Stimme zu senken. Das bekam Frau Winter natürlich mit. Sofort sprang sie auf und fischte aus der Schürze ein Sparbuch. Mit entschlossenem Gesichtsausdruck hastete sie dem Kassierer entgegen.

»Haben Sie hier die Verantwortung?«, blaffte sie ihn an.

»Nö«, antwortete er unfreundlich wie immer und marschierte an ihr vorbei.

Frau Winter erholte sich schnell von der Überraschung

und rannte ihm hinterher. Mit weit ausgebreiteten Armen stellte sie sich ihm in den Weg. »Wohin zum Teufel wollen Sie?«

»Das geht Sie einen feuchten Kehricht an!« Grob versuchte Wilfred sie beiseitezuschieben, aber die resolute Frau wich keinen Zentimeter zurück.

»Nehmen Sie ihre Griffel weg, Sie Schmierfink!«

Fassungslos saß Svenja an ihrem Schreibtisch und starrte auf das Schauspiel, was sich ihr bot. Die beiden zankten sich wie Kleinkinder und die Situation drohte zu eskalieren. Hastig eilte sie herbei und versuchte zu schlichten.

»Bitte entschuldigen Sie Frau Winter, der Kollege meint es nicht so. Setzen wir uns hin und ich koche uns einen schönen Kaffee. Was halten Sie davon?«

Mit der Hand scheuchte sie Wilfred weg, der grummelnd nach draußen verschwand und sich vor der Tür eine Zigarette ansteckte.

Frau Winter sah wütend in seine Richtung. »Was ein unverschämtes Benehmen ...«

»Ja, da haben Sie recht«, stimmte Svenja zu. »Der Kollege geht aber bald in Rente.«

Grummelnd drehte sich die Kundin zu ihr. »Was ist jetzt mit dem Kaffee? Dazu ein Stück Kuchen, das beruhigt die Nerven.«

Hauptsache, die Gute war beschäftigt und gab endlich Ruhe, dachte Svenja. Sie musste ein wenig improvisieren, aber am Ende waren die Wogen geglättet. Frau Winter setzte sich an den Schreibtisch vom Chef und wartete.

3

Fünf Minuten später bereute Jens die Entscheidung zu laufen. Das letzte Mal war ihm der Weg in die Hauptstelle nicht so weit vorgekommen und die Kortumstraße nicht so steil. Schnaufend vor Anstrengung quälte er sich mit knallrotem Kopf die Einkaufspassage hoch. Die belustigten und mitleidigen Blicke der entgegenkommenden Passanten versuchte er zu ignorieren. Die ganze Hetzerei war umsonst: Er kam auf jeden Fall zu spät und würde schweißgebadet sein. Mit zusammengebissenen Zähnen und brennenden Oberschenkeln marschierte er weiter Richtung Huestraße. Dort befand sich in einem altehrwürdigen Gebäude die Zentrale der Glückauf Bank.

Mehr stolpernd als gehend erreichte er den Aufzug. Ungeduldig drückte er auf die Knöpfe, wohl wissend, dass es den Vorgang nicht beschleunigte. Nach einer gefühlten Ewigkeit öffneten sich die blank polierten Fahrstuhltüren. Ein kurzer Blick in die Spiegel der Kabine und er wäre am liebsten auf der Stelle umgedreht. Das hellblaue Hemd war, abgesehen von dem Teil, der sich eng über den Bauch spannte, vollkommen zerknittert. Dunkle Schweißflecken blühten am Hemdkragen und konnten nicht versteckt werden. Er lüftete kurz das Jackett und erschrak bei dem Anblick der riesigen

Flecken unter den Achseln. Notdürftig richtete er die nassen Haare, die platt am Kopf klebten. Anschließend tupfte er die Stirn mit einem Taschentuch trocken und versuchte die Katastrophe zu kaschieren. Ein sinnloses Unterfangen. Trotz der Klimaanlage, die im Aufzug lief, brachte das nur wenig Linderung.

Die Sekretärin in der Personalabteilung musterte ihn missbilligend und deutete schweigend auf die Sitzgruppe im Empfangsbereich. Ein Blick auf die teure Ledergarnitur und Jens verabschiedete sich innerlich von einer kurzen Verschnaufpause. Auf keinen Fall wollte er dort Flecken hinterlassen.

»Ich bleibe stehen.« Der Schweiß lief in Strömen weiter. Jens bewegte sich unauffällig in Richtung Klimaanlage. Der kühle Luftzug verschaffte ihm die dringend benötigte Abkühlung und er schloss für einen Augenblick die Augen. Lange ließ man ihn nicht in Ruhe. Viel zu schnell wurde er in das Besprechungszimmer geführt.

»Mahlzeit Herr Hader. Nehmen Sie doch bitte Platz. Wir hatten befürchtet, Sie versetzen uns an diesem besonderen Tag«, begrüßte ihn Ralf Schreiber, der Leiter der Personalabteilung.

Bei der förmlichen Anrede, die beiden kannten sich seit der Ausbildung, runzelte Jens die Stirn und setzte sich vorsichtig auf den angebotenen Stuhl. Beim Anblick von Ralfs lichter, dunkelblonder Haarpracht empfand er ein bisschen Schadenfreude. An Gewicht hatte der Gute auch zugelegt, was nicht zu übersehen war. Bei dem jungen Mann neben ihm, handelte es sich um den Vertriebsleiter Ruhrgebiet-Ost für die Städte Bochum, Essen und Dortmund. Er war höchstens dreißig und sah wie aus dem Ei gepellt aus. Eng geschnittener Anzug, der die sportliche Figur zur Geltung brachte. Sorgfältig gestylte braune Haare und eine teuer aussehende Designerbrille. Erst letztes Jahr hatte der Kollege bei der Glückauf Bank angefangen und war schnell die Karriereleiter heraufgefallen. Böse Zungen behaupteten, dass es an der Verwandtschaft zum Vorstand und nicht am abgeschlossenen Studium lag.

Die Sitzordnung ließ nichts Gutes ahnen. Wie bei einem Verhör saßen die beiden Kollegen ihm gegenüber.

Jens lockerte die enge Krawatte etwas. »Ich bitte, die Verspätung zu entschuldigen. Eine unbedeutende Herausforderung mit einer Kundin«, erklärte er.

In der Mitte des Tisches stand eine Wasserflasche. Mit zitternden Händen griff er danach und goss sich ein Glas ein. Sein Hals war staubtrocken und er leerte es mit gierigen Schlucken. Sofort füllte er es wieder auf. Schnell stieg ihm die Kohlensäure in die Nase und er rülpste unabsichtlich. Prompt wurde ihm kochend heiß. »Verzeihung«, murmelte er.

Der Vertriebsleiter, Jens erinnerte sich nicht an den Namen, grinste ihn an. »Wir sind hier unter uns, kein Grund, sich zu entschuldigen. Sie ahnen sicher, weswegen wir Sie einbestellt haben?«

»Nein, Herr …«

»Herr Klein. Entschuldigen Sie bitte, ich dachte, mein Gesicht wäre jedem nach dem Artikel in der neuesten Glückauf-Ausgabe bekannt.«

Der Hinweis, den man als arrogant bezeichnen konnte, machte den Kollegen nicht sympathischer. Jens las die quartalsmäßig erscheinende Mitarbeiterzeitung, inzwischen umweltfreundlich in digitaler Form, NICHT. Das letzte Mal hatte er vor einem Jahr einen Blick hineingeworfen und sich über die vergeudete Zeit aufgeregt. Die Artikel trieften vor Selbstbeweihräucherung und Überheblichkeit. In jedem zweiten Satz wurde betont, wie hervorragend die Bank im Vergleich mit den Mitbewerbern dastand. Die Interviews wurden ausschließlich mit den Starverkäufern geführt. Wie ein normal denkender Mensch die Lobhudelei ertragen konnte, war ihm schleierhaft. Weil Jens nicht reagierte, redete der Vertriebler weiter.

»Wie dem auch sei. Reden wir nicht lange um den heißen Brei herum. Die Vertriebszahlen Ihrer Geschäftsstelle sind, ich kann es leider nicht anders formulieren, grottenschlecht und am absoluten Tiefpunkt angelangt. Was ist da los bei Ihnen?«

Unwillkürlich fragte sich Jens, ob die Frage ernst gemeint war oder Herr Klein sich einen Spaß mit ihm erlaubte. Der junge Mann verzog keine Miene, Ralf hingegen wirkte leicht irritiert und runzelte die Stirn.

Eine Begründung konnte Jens liefern. »Die Kunden im Einzugsgebiet werden immer älter. Seit Monaten ist eine Großbaustelle an der Brückstraße und erschwert den Weg zu uns. Außerdem ...«

»Ich weiß, was bei Ihnen los ist!«, mischte sich plötzlich Ralf ein. »Sie haben den Laden nicht im Griff und ruhen sich auf der faulen Haut aus.« Er schnappte sich die Mappe, die vor Herrn Klein lag und holte Ausdrucke mit bunten Diagrammen heraus. Damit wedelte er Jens vor der Nase herum und tippte mit den Fingern auf die Zahlen. »Im vergangenen Jahr war es geradeso akzeptabel und jetzt? Der Kassierer: seit Monaten keine Abschlüsse und Geschäftsanbahnungen. Bei Ihnen sieht es nicht besser aus. ...«

Ab dem Zeitpunkt klinkte sich Jens aus und hörte nur mit halbem Ohr zu. In Verlauf der Jahre war der Verkaufsdruck immer schlimmer geworden. Die Devise des Vorstands lautete: verkaufen. Egal, was und an wen, Hauptsache es brachte ordentlich Provision. Letzten Oktober bekam Jens plötzlich jedes Mal stechende Herzschmerzen, wenn er gestresst war. Später konnte er die Warnsignale nicht länger ignorieren und ging zu seinem Hausarzt. Der hatte schlechte Nachrichten: So wie es aussah, stand er kurz vor einem Herzinfarkt. Der Arzt riet ihm, dringend einen Gang zurückzuschalten und mehr auf die Gesundheit zu achten.

Daraufhin ging er es ruhiger an und irgendwann machte es Klick: Egal, wie viel er verkaufte, es würde nie genug sein. Sogar als es in der Geschäftsstelle super lief und er zu den besten Verkäufern gehörte, war der Vorstand nicht zufrieden. Die gesundheitlichen Probleme sprach er in der Personalabteilung an. Alles kein Problem, versicherte man ihm damals.

»... Hören Sie mir überhaupt zu?«, unterbrach Ralfs laute Stimme seine Gedankengänge.

Jens rang sich ein Lächeln ab und nickte. »Du hast meine volle Aufmerksamkeit!« Auf keinen Fall würde er ihn siezen. Der Kollege zog sofort einen Flunsch und Herr Klein sah irritiert zwischen den beiden Hin und Her. Eine Minute sagte niemand etwas. Das unangenehme Schweigen zog sich in die Länge und der Vertriebler gab als Erster nach. »Eine schwierige Situation für uns alle. Was können wir tun, um Ihnen zu helfen?«

Eine Frage, mit der Jens nicht gerechnet hatte. Ungläubig starrte er Herrn Klein an, der freundlich auffordernd nickte. Ralf sah genauso verdutzt aus der Wäsche. Missbilligend schüttelte der den Kopf.

»Da liegt ein Missverständnis vor. Wir, insbesondere Sie Herr Klein, brauchen gar nichts mehr zu tun. Die Entscheidung wurde getroffen: Die Geschäftsstelle wird geschlossen.«

»Wie bitte?«, platzte Herr Klein heraus. »Ich dachte ...«

Ralf ignorierte die Störung und konzentrierte sich auf Jens. Der wollte nicht wahrhaben, was er da soeben gehört hatte. »Ich habe vor unserem Gespräch die Gelegenheit genutzt und kurz mit dem Vorstand über die Situation gesprochen. Ihr Kassierer geht Ende des Monats in Rente und die Auszubildende verursacht nur Probleme. Warum das Unausweichliche herauszögern und warten? Lieber ein Ende mit Schrecken, als ein Schrecken ohne Ende. Da stimmen Sie mir sicher zu.«

Nein, das tat Jens nicht. Er klappte den Mund auf, um etwas zu sagen, und schloss ihn dann wieder. Herr Klein starrte Ralf perplex an. Die Neuigkeit traf ihn offensichtlich genauso unerwartet. Umständlich räusperte er sich. »Die Lage der Zweigstelle ist optimal. Mit ein bisschen Zeit und Unterstützung bekommen wir das wieder hin. Frau Bach ist eine ...«

Ralf schüttelte den Kopf. »Ihr Engagement in allen Ehren, aber jetzt ist Feierabend. Herr Hader hatte genügend Gele-

genheiten, das Ruder herumzureißen. Die hat er nicht genutzt. Der Vorstand teilt meine Meinung und die Entscheidung ist gefallen. Die Geschäftsstelle wird dichtgemacht.«
»Wann?«, fragte Jens.
»Morgen. Wir veröffentlichen nachher eine Information im Intranet.«
Das ging aber schnell, dachte Jens fassungslos. Dann stutzte er. »Was passiert mit Frau Bach?« Erst bei den überraschten Gesichtern begriff er, dass er den Gedanken laut ausgesprochen hatte. Was mit ihm war, war nebensächlich. Nach der langen Betriebszugehörigkeit konnten sie ihn nicht so ohne Weiteres kündigen. Alles andere würde sich ergeben.
Ralf kniff die Augenbrauen zusammen. »Warum wollen Sie das wissen? Hat es mit dem Umstand zu tun, dass die Kollegin Schwierigkeiten hat, ein professionelles Verhältnis zu den männlichen Kollegen zu wahren?«
»Hör auf mit dem Blödsinn. Sie könnte meine Tochter sein!«, widersprach Jens entschieden. Wie kam der nur auf so eine Idee? »Sie verhält sich absolut professionell. Außerdem ist Frau Bach eine fähige Mitarbeiterin und gute Verkäuferin. Anstatt sie wieder im Zahlungsverkehr zu parken, sollte sie gefördert werden.«
»Da gebe ich Herrn Hader recht«, stimmte Herr Klein enthusiastisch zu. »Die Kollegin hat mehr verkauft als so mancher Berater. Das interne Förderprogramm ist genau das richtige für sie. Ich ...«
»Lassen Sie es gut sein und hören auf, Werbung für sie zu machen«, wurde er von einem sichtlich genervten Ralf unterbrochen. »Wir finden für jeden eine passende Lösung. Heute geht es um Herrn Hader. Interessiert Sie nicht, was wir für Sie geplant haben?«
Die Show, die Ralf hier abzog, ging Jens deutlich gegen den Strich. Trotzdem behielt er eine neutrale Miene bei und zählte stumm bis zehn. Wie immer hielt er den Mund und wartete geduldig ab, bis sich der Ärger in ihm abgekühlt hatte. Am Anfang seiner beruflichen Laufbahn hätte er das

Thema leidenschaftlich ausdiskutiert. Inzwischen hatte er dazu gelernt und war schlauer. Mit Personalchefs diskutierte man nicht.

»Du wirst es mir sicher verraten«, sagte er freundlich. Es wollte ihm nicht in den Kopf, warum sich Ralf seit der Ausbildung so extrem verändert hatte. Damals hatten sie sich gut verstanden. Nach bestandener Prüfung blieb er bei der Glückauf Bank, während Ralf fleißig studierte. In der Zeit brach der Kontakt völlig ab.

Ein Studium war Jens wegen des fehlenden Abiturs nicht vergönnt gewesen, das hatte er erst auf dem zweiten Bildungsweg neben der Arbeit nachgeholt. Danach hatte er keine Lust mehr gehabt. Auf Dauer war ihm die Doppelbelastung zu hoch und er bildete sich intern weiter. Ralf kam eines Tages zurück in die Glückauf Bank und machte Karriere in der Personalabteilung. An die alten Mitstreiter wollte er sich nicht mehr erinnern und siezte jeden aus seiner Vergangenheit.

»In Anbetracht der Entwicklung kommt eine gleichwertige Position für Sie nicht infrage«, erklärte Ralf schadenfroh. »Zuerst helfen Sie bei der Schließung der Geschäftsstelle. Danach wechseln Sie in das Springer-Team und unterstützen die Kollegen in den anderen Filialen.«

Was für eine große Überraschung, dachte Jens sarkastisch. »Und in welcher Funktion?«

»Als Kassierer. Ihre Erfahrung mit den automatischen Kassentresoren kommt uns zugute. Die Unterschriftvollmachten werden Sie behalten, aber an den Kreditkompetenzen werden wir Anpassungen vornehmen müssen. Außerdem ist eine Änderung des Arbeitsvertrags erforderlich.«

Wie sollte es auch anders sein? Dachte Jens im Stillen. Die perfekte Gelegenheit, ihm drastisch die Bezüge zu kürzen. Er war nicht der Erste, dem es passierte und würde nicht der Letzte sein.

»Gibt es Alternativen?« Habe ich eine andere Wahl, wäre

die passendere Formulierung gewesen, aber das fiel ihm zu spät ein. Wie auf ein geheimes Stichwort lächelte Ralf und griff zu seiner Mappe. Mit einer beiläufigen Bewegung holte er einen Stapel Papiere heraus.

»Gerne bieten wir Ihnen einen Aufhebungsvertrag an und Sie können sich anderweitig auf dem Arbeitsmarkt umsehen.«

Herr Klein, der bisher schweigend zugesehen hatte, mischte sich urplötzlich ein. »Und der Personalrat ist damit einverstanden?«, wunderte er sich laut. Hastig sah er weg, als er Ralfs Reaktion darauf bemerkte.

»Das ist er und andere Kollegen haben das Angebot bereits angenommen.«

Jens hatte bei den ständigen personellen Veränderungen ein wenig den Überblick verloren. Trotzdem hatte er mitbekommen, dass seit Monaten etliche Berater ein ähnliches Schicksal ereilt hatte. Der Vorstand nutzte das 50. Jubiläum der Bank für einen radikalen Neuanfang. Jeder, der nicht genügend verkaufte, wurde versetzt oder so lange unter Druck gesetzt, bis er freiwillig aufgab und kündigte. Bisher war der Kelch an Jens vorübergegangen. Kurz dachte er über die Alternative nach. Bei den anderen Banken sah es sicher nicht besser aus. Darum wollte er sich in Ruhe kümmern. »Den Änderungsvertrag hast du dabei?«, fragte er mit neutraler Stimme.

Ralf sah überaus zufrieden aus und nickte. Selbstverständlich hatte er das Dokument, inklusive der Vorstandsunterschriften, in seiner Mappe. Die Geschichte mit der kurzfristigen Entscheidung hatte Jens ohnehin nicht geglaubt.

Herr Klein saß wie bestellt und nicht abgeholt daneben. Er versuchte unbeteiligt zu wirken, aber die Verärgerung war ihm trotzdem deutlich anzumerken. Gewöhne dich schon einmal daran, dachte Jens. In Zukunft wirst du immer wieder übergangen.

Keine fünf Minuten später war das Thema erledigt. Jens bekam eine mickrige Klarsichthülle mit einer Kopie für seine

Unterlagen. Ralf geleitete ihn mit einem zufriedenen Lächeln auf den Lippen zur Tür. »Bevor ich es vergesse«, hielt er ihn kurz zurück. Aus den Tiefen seines Sakkos fischte er einen zerknitterten Umschlag. »Alles Gute zum 25-jährigen Dienstjubiläum.«

Erst im Aufzug öffnete Jens das Geschenk. Darin befand sich ein Einkaufsgutschein über 25 EUR. Fast hätte er ihn zerknüllt und weggeworfen. Im letzten Augenblick entschied er sich dagegen. Frau Bach würde sich sicher darüber freuen.

Draußen auf der Huestraße blieb er stehen und holte tief Luft. Die Sonne schien freundlich vom Himmel und er genoss die angenehme Wärme auf seinem Gesicht. Mit einem Mal hatte er es nicht mehr eilig. Die Aufgaben in der Zweigstelle liefen nicht weg. Kurz fragte er sich, was mit den Kunden der Geschäftsstelle passierte. Sicher gab es den Plan, sie auf die Filialen im Einzugsgebiet zu verteilen. Hoffentlich blieb ihm ausreichend Zeit, sich von dem einen oder anderen persönlich zu verabschieden.

Gemütlich schlenderte er die Kortumstraße herunter und dachte über die veränderte Situation nach. Im ersten Augenblick war die Nachricht ein ziemlicher Schock gewesen. Doch jetzt, wenn er länger darüber nachdachte, fühlte es sich nicht so schlimm an. Im Gegenteil. Zu seiner Überraschung war er sogar erleichtert. In Zukunft würde er sich nicht mehr dauernd für die schlechten Verkaufszahlen rechtfertigen müssen. Der Verkaufsdruck war weg sein und er musste niemanden ständig aufs neue Triezen und Antreiben. Bei Frau Bach war das ohnehin nicht notwendig gewesen. Beim Gedanken, wie es mir ihr weiterging, trübte sich seine Stimmung ein wenig. Sie benötigte einen kompetenten Vorgesetzten, der sie förderte und Freiräume ließ. Leider konnte er kein gutes Wort für sie einlegen. Der Vorstand schenkte ausschließlich den besten Verkäufern Gehör.

4

Kaum hatte er die Zweigstelle betreten, eilte ihm Frau Bach entgegen. »Wo haben Sie so lange gesteckt? Sie werden hier dringend benötigt.«

»Ich habe mir auf dem Rückweg Zeit gelassen«, erklärte er und suchte nach Herrn Maas, der wieder einmal nicht zu sehen war. »Holen Sie bitte den Kollegen, ich habe etwas Wichtiges mitzuteilen.«

Sie schüttelte den Kopf. »Das muss warten. Frau Winter, die Kundin mit dem Sparbuch, wartet seit einer halben Stunde auf Sie. Ich habe versucht, etwas herauszufinden, aber sie ist völlig durch den Wind und will mir nicht verraten, worum es geht.«

Jens seufzte leise, was war denn jetzt schon wieder los? »Wieso ...«

»Ich weiß es nicht. Reden Sie mit ihr, Chef. Bitte, die Frau treibt mich in den Wahnsinn.« Mit sanfter Gewalt schob Frau Bach ihn Richtung Schreibtisch. Widerwillig setzte er sich in Bewegung. Was hatte er verbrochen, um so grausam bestraft zu werden? Das Missverständnis mit dem Sparbuch war geklärt und es gab keinen logischen Grund, warum die Kundin hier war. So schnell wie möglich wollte er das Drama beenden und eilte zu seinem Platz. Frau

Winter saß auf einem Stuhl und sah genauso aus wie vor einer Stunde.

»Hallo Frau Winter, wie kann ich Ihnen helfen?« Sie sprang wie von der Tarantel gestochen auf und fuhr zu ihm herum. »Nehmen Sie bitte wieder Platz. Was ist ...«

»Ich wurde bestohlen«, unterbrach sie ihn sofort und reichte ihm das Sparbuch. »Das Geld habe ich nicht abgehoben.«

Mit einem Mal hatte er ein ungutes Gefühl in der Magengrube. Ohne es zu wollen, erschien das Bild des kleinen Jungen vor seinem inneren Auge.

»Lassen Sie uns in das Besprechungszimmer gehen. Dort sind wir ungestört und Sie können mir erzählen, was passiert ist.«

Unter Frau Bachs neugierigen Blick ging er mit der Kundin nach hinten in den angrenzenden Raum und schloss die Tür. Sie setzten sich an den Schreibtisch und er überflog die Einträge. Die krumme Summe von 14,99 EUR war letzten Monat zweimal abgehoben worden.

»Haben Sie das Sparbuch weggegeben oder weiß jemand, wo Sie es normalerweise aufbewahren?«

Frau Winter schüttelte heftig den Kopf. »Das Geld nehme ich nur zum Einkaufen. Es ist sicher im Schrank hinter den Kleidern versteckt. Da lag es ununterbrochen.«

Nachdenklich kratzte Jens sich an der Schläfe. War die Kundin unter Umständen etwas durcheinander und erinnerte sich nicht an die Abhebungen? Ein Dieb hätte garantiert mehr Geld abgehoben.

»Warum haben Sie das Buch gesperrt, wenn es sich im Schrank befand?«, wollte er von Frau Winter wissen.

»In der ganzen Hektik habe ich das vergessen: Ich war das nicht. So tüddelig bin ich nicht!«, schimpfte sie.

Ihr Aussehen und Auftreten vermittelten zwar einen anderen Eindruck, aber das bedeutete erst einmal nichts. Jens lächelte die Kundin beruhigend an. »Einen kleinen Augenblick, ich schaue im System nach.« Er meldete sich am

Computer an, gab die Kontonummer ein und rief die archivierten Dokumente auf. Das unleserliche Sperrformular war schnell aufgerufen. Dieses Mal kontrollierte er mit zusammengekniffenen Augen jede Zahl einzeln. Ja, es war schlecht zu entziffern. Bei genauerem Hinsehen konnte die Fünf an der dritten Stelle eine verunglückte Neun sein. Um sich zu vergewissern, gab er die Variante im System ein. Bingo, da war das Problem. Zufälligerweise existierten beide Kontonummern und das falsche Sparbuch war gesperrt worden. Ein ärgerlicher Fehler, der passieren konnte.

Als er der Kundin den Grund erklärte, winkte sie mit grimmiger Miene ab. »Trotzdem hat mir jemand Geld gestohlen. Kann sich hier jeder mir nichts, dir nichts bedienen?«

»Derjenige, der die Urkunde ...«

»Ja, ich weiß«, unterbrach sie ihn pampig, bevor er es erklären konnte. »Jeder, der das Sparbuch hat, kann Geld abheben. Deswegen habe ich das Stichwort vereinbart.«

Jens hielt kurz die Luft an und überlegte, wie er die nächste Frage stellen konnte, ohne dass ein falscher Eindruck entstand. »Weiß jemand, aus ihrem Umfeld, wo sie das Buch versteckt haben und kennt das Stichwort?«

Kaum hatte er die Frage ausgesprochen, explodierte die alte Frau förmlich. Mit der flachen Hand schlug sie wütend auf den Tisch und sprang empört auf. »Deuten Sie etwa an, dass der kleine Nils es gewesen sein könnte?«

Beschwichtigend hob er die Hände. »Nein, das war nicht meine Absicht. Trotzdem deutet alles darauf hin, dass Sie die Person kennen, die das Geld abgehoben hat.«

»Ich vertraue der Familie Schwarz blind! Niemand von denen ist ein Dieb!«, brüllte sie außer sich.

»Das ...«

Ehe er sich versah, entriss sie ihm das Sparbuch und stürmte wutentbrannt los. Im Türrahmen drehte sie sich zu ihm um und fauchte ihn an. »Wenn Sie mir nicht helfen wollen, gehe ich zu einem richtigen Berater und Ingo sage ich auch Bescheid. Das wird ein Nachspiel für Sie haben!«

»Bitte warten Sie einen Augenblick!« Hastig eilte er ihr hinterher. Frau Winter wollte partout nicht zuhören. Als er sie leicht am Arm berührte, fuhr sie wie eine Furie herum und schubste ihn weg. Fassungslos stand er in der Mitte der Kassenhalle und sah zu, wie sie Richtung Ausgang marschierte. Einen solchen Auftritt hatte er lange nicht mehr erlebt. Warum hatte es ausgerechnet ihn erwischt? Rasch eilte er zu seinem Schreibtisch und suchte hektisch im Intranet nach der Telefonnummer des Kollegen. Hoffentlich war er nicht zu spät und konnte die Umstände erklären. Keinesfalls hatte er den Jungen oder die Familie verdächtigen wollen.

Das Telefon läutete, aber niemand hob ab. Ungeduldig wippte Jens auf den Zehenspitzen auf und ab.

»Komm schon«, murmelte er. »Heben Sie endlich ab.«

Wie aus dem Nichts, stand Frau Bach mit einem Gesichtsausdruck, der eine Mischung aus Betroffenheit und Belustigung zeigte, neben seinem Schreibtisch. »Das war aber ein spektakulärer Abgang. Was haben Sie dieses Mal ausgefressen, Chef?«

Er warf ihr einen finsteren Blick zu und versuchte sie, mit einer Handbewegung wegzuscheuchen. Kurz legte er die Hand über den Telefonhörer. »Haben Sie nichts Sinnvolles zu tun?«

Jetzt grinste sie von einem Ohr zum anderen. »Ne, ich leiste Ihnen seelischen Beistand.«

»Ich ...« Endlich ging jemand ans Telefon und er brach mitten im Satz ab.

»Ja?«, hörte er eine genervte Stimme.

»Herr Schwarz? Ich ...«

»Ist nicht am Platz«, wurde er rüde unterbrochen. »Soll ich ihm was ausrichten?«

»Nein danke. Ich versuche es nachher wieder.« Nicht gut, dann war es sicher zu spät. Leider hatte er keine andere Idee, wie er den Kollegen erreichen konnte. Frustriert legte er auf. Frau Bach stand immer noch an seinem Schreibtisch und sah ihn erwartungsvoll an. Erwartete sie jetzt ernsthaft, dass er ihr alle Einzelheiten erzählte? Mit einem Mal bekam er pochende Kopfschmerzen und er massierte mit dem Daumen kreisförmig die Schläfe. »Warum muss heute alles schiefgehen?«, fragte er niemanden Bestimmtes.

»Darf ich offen sein, Chef?«

Er blinzelte kurz und die Reaktion deutete sie fälschlicherweise als ein Ja. In Windeseile machte sie es sich auf der Tischkante bequem und legte los. »Verstehen Sie das jetzt bitte nicht falsch. Ich mag Sie und Sie sind ein klasse Chef, aber ihre Art, mit den Kunden umzugehen, ist ein wenig speziell.«

»Da kann ich ja beruhigt sein, dass Sie mich mögen«, erwiderte er trocken. Im Augenblick hatte er andere Sorgen.

Sie lachte kurz und deutete mit dem Zeigefinger auf ihn. »Genau das meine ich. Zum Beispiel hauen sie einen Witz raus und verziehen dabei keine Miene. Ich finde das Spitze, aber nicht jeder versteht das. Ich wette, Nils haben Sie genauso böse angesehen, wie mich jetzt und er hat deshalb die Flucht ergriffen.«

Er runzelte skeptisch die Stirn. Wann hatte er einen Witz gemacht? Außerdem war sein Gesichtsausdruck heute Morgen nicht anders als sonst gewesen. Und was hatte das bitte mit der Reaktion der Kundin zu tun?

»Ich gucke so und kann mir kein neues Gesicht kaufen.«

Frau Bach schmunzelte. »Mit dem nötigen Kleingeld geht das. Die Schönheitschirurgie vollbringt wahre Wunder.«

Das war nicht lustig! Langsam, aber sicher ärgerte er sich über ihr dreistes Verhalten. Als er sich abwenden wollte, berührte sie ihn sanft am Arm. »Zeigen Sie mal Emotionen und seien Sie nicht immer so beherrscht. Mal kräftig auf den Tisch hauen und sich nicht alles gefallen lassen!«

Ja, dachte er. Früher, kurz nach seiner Ausbildung, hatte er das gemacht und sich lautstark gegen Ungerechtigkeiten gewehrt. Auf lange Sicht hatte es ihm nur Ärger eingebracht. Freundlich lächeln und sich seinen Teil denken, war deutlich angenehmer im Umgang mit den Kunden und innerhalb der Glückauf Bank.

»Der Kunde ist König und hat immer recht ...«

»Hat er nicht und darum geht es überhaupt nicht«, widersprach sie sofort. »Sie müssen mal Dampf ablassen. Auf Dauer schlägt einem das auf den Magen und gibt Verstopfungen.« Sie zwinkerte ihm übertrieben zu.

Jetzt reichte es ihm! »Vielen Dank für Ihre Analyse, Frau Bach. Ihr neuer Chef wird begeistert von Ihren Fähigkeiten sein.« Zu spät wurde ihm bewusst, dass er sich soeben verplappert hatte.

Sie starrte ihn mit offenem Mund und weit aufgerissenen Augen an. Hörbar schnappte sie nach Luft und bekam urplötzlich einen glasigen Blick. Ihm wurde heiß und kalt. Sie würde doch nicht etwa in Tränen ausbrechen?

»Ich verstehe. Sie wollen mich loswerden und ich Dummkopf dachte, dass wir ein gutes Team sind«, stellte sie mit belegter Stimme fest.

»Warum will mich heute JEDER falsch verstehen?«, beschwerte Jens sich. »Das will ich nicht! Der VORSTAND hat entschieden, die Zweigstelle zu schließen!«

Ungläubig starrte sie ihn an. »Verarschen Sie mich nicht!«

Er schüttelte bedauernd den Kopf. »Der Personalchef und ein Vertriebsmensch haben es mir vorhin bei dem Termin verkündet. Heute ist der letzte Tag.«

Der Stimmungswechsel war beeindruckend. Frau Bachs Gesicht verzog sich vor Wut und ihre Augen blitzten. Empört sprang sie auf. »Was für Arschlöcher«, schimpfte sie. »Haben die Ihnen wenigstens etwas zum Jubiläum geschenkt?« Den Gutschein hatte er fast vergessen. Er holte ihn heraus und gab ihn weiter. Kopfschüttelnd begutachtete sie das Präsent. »Ich korrigiere mich: Das sind Oberarschlochkackfratzen. So dürfen die nicht mit Ihnen umspringen.«

Das kreative Schimpfwort zauberte ihm ein Lächeln auf die Lippen. Er ging nicht in die Details, wie die Führungsriege mit Mitarbeitern umging, die die Erwartungen nicht erfüllten. »Nehmen Sie den Gutschein. Ich kann damit nichts anfangen.«

Zuerst lehnte sie ab, aber er bestand darauf und am Ende gab sie nach. Die ganze Zeit regte sie sich über die ungerechte Behandlung auf. Außerdem machte sie etliche Vorschläge, wie er sich dagegen wehren konnte. Sie leistete ihm Gesellschaft und gemeinsam versuchten sie, leider vergeblich, den Kollegen im Zahlungsverkehr zu erreichen. Knapp eine Stunde später, genau in dem Augenblick, als er aufgeben wollte, läutete plötzlich das Telefon. Er warf einen kurzen Blick auf die Anzeige. Zögernd griff er nach dem Hörer und hob ab.

»Hader ...

»Schwarz hier«, brüllte eine wütende Stimme. Na wunderbar, dachte Jens, warum konnte er nicht ein einziges Mal Glück haben. Aus dem Augenwinkel nahm er eine kurze Bewegung wahr: Frau Bach beugte sich nach vorn und stellte das Gespräch auf laut. Seinen empörten Blick quittierte sie mit einem Achselzucken und zog das Telefon außer Reichweite.

»Das war alles ein großes Missverständnis. Ich kann es Ihnen erklären«, sprach er in den Telefonhörer.

»Einen Scheiß können Sie! Weil SIE sich wie ein Vollidiot aufgeführt haben, hat sich Frau Winter beschwert. Ist Ihnen klar, was Sie damit angerichtet haben? Die Personalabteilung hat angerufen und die Revision ist informiert. Alles wegen 14,99 EUR, die mein Sohn nicht gestohlen hat!«

Nein, dachte Jens entsetzt. Wie konnte das so schnell eskalieren? Es stand nicht einmal fest, dass es ein Diebstahl war. »Ich habe niemals ...« Irritiert brach er ab, weil es am anderen Ende der Leitung laut wurde. Dann war es schlagartig still. Er wartete fast eine Minute und wollte auflegen, als sich eine Männerstimme meldete.

»Bachmann, Revision. Wir kümmern uns um alles Weitere und Sie verlieren kein Wort über die Angelegenheit. Verstanden?« Fassungslos starrte Jens auf den Hörer in seiner Hand und war nicht in der Lage einen klaren Gedanken zu fassen. »Haben wir uns verstanden?«, wiederholte der Kollege die Frage.

»Verstanden«, brummelte Frau Bach und unterbrach das Telefonat. Sie sah ihn mit weit aufgerissenen Augen an. »Was für eine krasse Scheiße ist das denn?«

Er hatte keinen blassen Schimmer. »Ich weiß es nicht ... Ich habe doch nichts falsch gemacht, oder?« Bis vor einer Minute war er fest davon überzeugt gewesen, aber jetzt kamen die ersten Zweifel. Er hätte die Kundin entschlossener zurückhalten sollen! Mit geschlossenen Augen lehnte er sich zurück und wünschte sich weit weg.

Frau Bach klopfte ihm tröstend auf die Schulter. »Die Sache mit dem Kleinen ist unglücklich gelaufen, aber der Rest war nicht Ihre Schuld. Sie haben das Geld nicht abgehoben, oder doch?«

Empört riss er die Augen auf und setzte zu einer Erwiderung an. Frau Bach lächelte ihn aufmunternd an und er verstand, dass sie einen Scherz gemacht hatte. Er machte den Mund auf, um etwas zu sagen, und klappte ihn wieder zu. Egal, wie man es drehte oder wendete, er hatte ein schlechtes Gewissen.

»Ich mache jetzt Pause und gehe eine Runde«, entschied er. Ohne ein weiteres Wort zu verlieren, verließ er schnurstracks die Zweigstelle.

5

Jens hielt sich links und blieb an der Ecke zur Brückstraße stehen. Unschlüssig sah er sich um. Die Innenstadt war näher, aber voller Menschen. Nicht die beste Umgebung, um einen klaren Kopf zu bekommen. An der Baustelle vorbei, Richtung Bundesstraße, war die bessere Alternative. Hoffentlich half die frische Luft, die Katastrophe um das Sparbuch zu verdrängen. Ein Irrtum, wie sich schnell herausstellte. Dass der Sohn des Diebstahls bezichtigt wurde, belastete ihn mehr, als er sich eingestehen wollte. Kurzerhand holte er sein Handy heraus und versuchte Herrn Schwarz in der Abteilung zu erreichen. Das Gespräch wurde umgeleitet und er wurde im Sekretariat abgewimmelt. Der Kollege war die nächsten Tage nicht erreichbar und arbeitete aus dem Homeoffice. Kein gutes Zeichen.

In seiner Not wollte er in der Revision anrufen. Er hatte die ersten Ziffern eingetippt und verwarf die Idee wieder. Die Kollegen würden ihn ins Kreuzverhör nehmen und im schlimmsten Fall richtete er weiteres Unheil an.

Abrupt blieb er stehen, weil ihm ein verführerischer Duft in die Nase stieg. Der Spaziergang hatte ihn in die Nähe seines Lieblings-Dönerladens geführt. Er war ein Frust- und Stressesser. Daher hatte er die Imbissbude in den vergangenen Wochen gemieden. Heute gab es genügend Gründe, eine Ausnahme zu machen. Prompt meldete sich grummelnd sein Magen und verlangte nach einem Döner. Eine kleine Stärkung konnte nicht schaden. Mit vollem Bauch fand er hoffentlich eine Lösung für das Dilemma. Entschlossenen Schritts marschierte er auf den Eingang zu. Die Tür flog schwungvoll auf und ein Junge, schwer bepackt mit Essen, kam die Treppenstufen herunter.

»Du?«, entfuhr es ihm überrascht, als er Nils erkannte.

Der war alles andere als erfreut, ihn zu sehen. Mit wütender Miene stapfte er an ihm vorbei.

»Ich bin kein Dieb!«, schimpfte er dabei.

»Das habe ich niemals gesagt!«, widersprach Jens. Der Junge lief, ohne innezuhalten, weiter. »Warte bitte einen Augenblick.«

Endlich blieb Nils stehen und drehte sich um. »Lassen Sie mich in Ruhe oder ich rufe um Hilfe!«

Mit der Situation überfordert, trat Jens schnell den Rückzug an. Zu Kindern hatte er keinen richtigen Draht und sagte häufig das Falsche. Heute war der Wurm drin. Das unerfreuliche Zusammentreffen verstärkte den Wunsch nach einem Döner noch mehr.

»Hallo Herr Bankdirektor«, wurde er freundlich von Herrn Yilmaz, dem jungen Besitzer, begrüßt. »Wir haben Sie vermisst. Wie laufen die Geschäfte?«

Jens nickte zur Begrüßung und sah sich um. Seit seinem letzten Besuch war der Imbiss komplett renoviert worden. Durch eine Verbindungstür auf der Linken gelangte man in den türkischen Supermarkt, der den Eltern gehörte. Normalerweise war Jens Stammkunde. Dort gab es die besten eingelegten Oliven, Peperoni und Gurken in Bochum. Zeitweise war er jeden Freitag hier gewesen und hatte sich mit den Köstlichkeiten eingedeckt. Die scharfen Speisen schlugen ihm leider eines Tages auf den Magen und er schränkte die Besuche widerwillig ein.

Wie viele Geschäftsleute in der Gegend war die Familie

Kunde bei der Glückauf Bank und hatte die Konten bei ihm eröffnet. Trotz der besseren Angebote bei der Konkurrenz waren sie ihm treu geblieben. Er hoffte, dass die Geschäfte einigermaßen liefen.

»Und?«, wiederholte Herr Yilmaz die Frage.

Jens zuckte mit den Achseln. »Es läuft. Die Baustelle macht es den Kunden nicht leicht, bei uns hereinzukommen.«

Der junge Mann nickte bestätigend. »Ohne unsere Stammkunden sähe es düster aus. Drei Monate hat die Stadt behauptet und jetzt sind zwölf vorbei. Von den Bauarbeitern ist seit Tagen keiner zu sehen. Ich wette, der Scheiß dauert noch ein Jahr. Politiker müsste man sein: große Reden schwingen und nichts auf die Kette kriegen«, schimpfte er. Energisch schärfte er das Dönermesser und deutete auf den dicken Spieß, der vor sich hin brutzelte und köstlich duftete. »Lassen wir das. Es gibt schönere Dinge, über die wir uns unterhalten können. Den Döner wie immer?«

Jens lief bei dem Anblick und dem Geruch das Wasser im Mund zusammen. Die Speisekarte kannte er auswendig. Trotzdem fiel es ihm jedes Mal schwer, sich zu entscheiden. Diese Unentschlossenheit war mit ein Grund, warum er inzwischen fünfzehn Kilo zu viel auf den Rippen hatte. Am liebsten hätte er einen Döner, eine Currywurst und die frittierten Käsestangen genommen. Wegen der Kunden und seiner Außenwirkung hatte er in den Mittagspausen auf Zwiebeln und alles mit Knoblauch verzichtet. Es gab keinen Grund, damit weiterzumachen.

»Nein, heute mit allem und scharfer Soße, bitte«, entschied er sich.

Ein strahlendes Lächeln erschien auf Herrn Yilmaz' Gesicht. »Eine gute Entscheidung, aber bekommen Sie deswegen keinen Ärger?«

»Das ist mir egal. Ab sofort nur noch Dienst nach Vorschrift.«

Der junge Mann nickte und bereitete einen Jumbo-Döner vor. In der Zwischenzeit setzte sich Jens auf einen der Hocker und machte es sich bequem. Mit grummelndem Bauch sah er zu, wie sein Mittagessen vorbereitet wurde. Er konnte es kaum erwarten, in das frische, warme Fladenbrot zu beißen. Viel zu lange war er nicht hierhergekommen.

»Woher der Sinneswandel?«, fragte Herr Yilmaz plötzlich. »Ich habe Sie immer als sehr genau und korrekt in Erinnerung.«

Jens unterdrückte den Drang, sich zu rechtfertigen. »Es war Zeit für eine Veränderung.«

Die Antwort reichte dem jungen, neugierigen Mann nicht. »Verraten Sie mir, warum?«

An sich gab es keinen Grund, mit der Neuigkeit hinter dem Berg zu halten. Jens mochte die Familie und wollte es ihnen lieber persönlich mitteilen. »Die Chefetage hat entschieden, die Zweigstelle zum nächstmöglichen Zeitpunkt zu schließen.«

Kopfschüttelnd drehte sich Herr Yilmaz um. »Das ist schade, aber früher oder später musste das leider passieren. Wir werden Sie alle vermissen. Besonders für die alten Leute wird es in Zukunft deutlich schwieriger, ihr Geld abzuheben. Wohin werden Sie versetzt? Wir werden mit Ihnen gehen und Sie bleiben unser Berater.«

Die Reaktion erwischte Jens prompt auf dem falschen Fuß. Mit einem Mal hatte er einen Kloß im Hals. Offen gestanden hatte er damit nicht gerechnet und fühlte sich seltsam gerührt. Er räusperte sich umständlich. »Danke für Ihr Vertrauen, aber bedauerlicherweise kann ich Sie in Zukunft nicht weiter betreuen. Mir werden andere Aufgaben zugeteilt.«

»Sie wurden abgesägt«, kam prompt die Erwiderung.

Korrekt, dachte Jens und zuckte mit den Achseln. Auf die internen Abläufe der Glückauf Bank wollte er nicht näher eingehen und sie in aller Öffentlichkeit breittreten. Die Entscheidung war gefallen und er würde nicht schlecht über seinen Arbeitgeber reden. Automatisch wanderten seine Gedanken zurück zu Nils und dem Sparbuch. Da sonst kein anderer Kunde anwesend war, nutzte er die Gelegenheit. »Kennen Sie den Jungen, der vorhin mit den vielen Tüten unterwegs war?«

»Ja, sicher. Sein Vater arbeitet in der Hauptstelle im Zahlungsverkehr. Ein tofter Kerl: anständig, freundlich und zuverlässig. Warum fragen Sie?«

»Herr Schwarz hat eine Zeit bei mir in der Filiale ausgeholfen. Der Kleine hatte viele Sachen dabei ...«

Der junge Mann, der immer bestens informiert war, nickte. »Nach der Schule macht er Erledigungen für die alten Leute hier in der Umgebung. Damit verdient er sich was zum Taschengeld dazu.«

Jens zog die Stirn kraus und wunderte sich kurz. »Ist er nicht ein wenig zu jung dafür?«

Mit dem Döner in der Hand drehte sich Herr Yilmaz um. Die Portion war wie immer riesig und sah köstlich aus. Er ließ es sich nicht nehmen, kam um den Tresen herum und überreichte das Essen persönlich. Aus dem Kühlschrank holte er eine Cola und setzte sich neben Jens.

»Ach was, mit seinen zehn Lenzen macht er das ausgezeichnet und hat alles im Griff. Seit Janina mit dem Kleinsten nicht mehr da ist, muss der Ingo etwas improvisieren.«

Hustend verschluckte sich Jens an dem Bissen. Keuchend schnappte er nach Luft und Herr Yilmaz klopfte ihm auf den Rücken. Mit tränenden Augen sah er den jungen Mann schockiert an. Seine Frau war weg? Davon hatte er bisher nichts mitbekommen, was nicht verwunderlich war. Den Gerüchten in der Glückauf Bank schenkte er wenig Beachtung.

Herr Yilmaz zwinkerte ihm verschwörerisch zu. »Ich will nicht tratschen oder so und erzähle Ihnen das im Vertrauen, weil wir uns so lange kennen. Angeblich hat sie ihn sitzen lassen und Dennis mitgenommen. Der Ingo ist aber ein Ehrenmann und hat es nicht an die große Glocke gehängt. Deswegen soll das Geld in letzter Zeit ein wenig knapp sein. Er musste sich einen Nebenjob suchen und Nils unterstützt ihn, wo es geht.«

Fast hätte Jens den nächsten Hustenanfall bekommen. Unter den Umständen könnte er die Gelegenheit genutzt und das Geld heimlich vom Sparbuch abgehoben haben. Andererseits ... Nein, dazu passte der Betrag nicht.

»Wie schlimm ist es?«, horchte er behutsam nach.

»Die schaffen das irgendwie«, versicherte Herr Yilmaz. »Die ganzen Rentner sind dankbar für das Hilfsangebot. Wegen der Baustelle kommen die meisten kaum noch aus dem Haus ...«

Ihr Gespräch wurde von der Türglocke unterbrochen. Ein älterer Mann kam herein und rief die Bestellung für sein Mittagessen. Jens kaute lustlos auf seinem Döner herum. Trotz des Stresses war ihm der Appetit gehörig vergangen. Was sollte er mit dem Wissen anfangen? Andere würden sofort in der Revision anrufen und die Kollegen informieren. So einer war er nicht. Schließlich waren das Informationen aus zweiter Hand, die nicht stimmen mussten. Das Privatleben des Kollegen ging ihn nichts an. Außerdem hatte er zu oft erlebt, wie falsche Gerüchte für ordentlich Unruhe sorgten. Der Arme hatte bereits genügend Sorgen.

Jens erinnerte sich an die kurze gemeinsame Zeit Am Kortländer. Herr Schwarz war für den kranken Kassierer eingesprungen. Bei der Gelegenheit lernten sie sich ein wenig besser kennen. Der Kollege hatte die Fortbildung zum Berater abgeschlossen und hoffte auf eine entsprechende Stelle. Die notwendige fachliche Qualifikation erfüllte er. Leider war er nie richtig bei der Sache und machte viel Privates während der Arbeitszeit. Dem Vertriebsbereich blieb das nicht verborgen und Herr Schwarz endete im Zahlungsverkehr und musste Überweisungsbelege korrigieren. Abgesehen davon schien er eine grundehrliche Haut zu sein. Der Döner war aufgegessen. In der Imbissbude wurde es langsam voller und Jens wurde unruhig. Zeit zu bezahlen und zurückzugehen.

6

Zurück in der Zweigstelle war von Herrn Maas, wie ständig in den letzten Wochen, keine Spur zu sehen. Zeit, dass der Kollege endlich in den Ruhestand ging. Jens schaffte es nicht bis zu seinem Schreibtisch. Auf der Hälfte des Wegs fing ihn eine aufgeregte Frau Bach ab. Sie zog ihn am Arm Richtung Besprechungszimmer. Halb im Suppenkoma und erledigt von den Strapazen, leistete er nur wenig Widerstand. Erst als sie ihn auf einen Stuhl schieben wollte, stoppte er sie und nahm selbst Platz. »Verraten Sie mir bitte, was das hier werden soll!«

Mit der Hand wedelte sie theatralisch vor ihrer Nase herum. »Hoffentlich hat der Döner geschmeckt, Chef. Bevor Sie mit dem nächsten Kunden reden, sollten Sie dringend etwas gegen den Geruch unternehmen. Davon wird man ja ohnmächtig.«

Ja, darin waren ordentlich Zwiebeln und Knoblauch gewesen, das erklärte aber nicht ihr seltsames Benehmen. »Deswegen haben Sie mich überfallen und hierhin verschleppt?«

»Nein, ich habe Neuigkeiten. Die Chantal aus meinem Lehrjahr muss im Zahlungsverkehr aushelfen. Überweisungen kontrollieren und korrigieren, sie hat alles mitbekommen und eine Rundmail geschickt.«

»Aha.« Obwohl er nichts von solchen Mailverteilern hielt, musste er in diesem Fall erfahren, was man dem Kollegen vorwarf. Auch wenn er es nicht wissen wollte und schlimmstes befürchtete. »Und was hat sie Ihnen mitgeteilt?«

»ER hat das Geld von dem Sparbuch geklaut und die Revision hat ihn an den Hammelbeinen.«

Überrascht riss er die Augen auf. »Der Junge?«

Sie schüttelte den Kopf. »Der Ingo soll's gewesen sein. Er hat finanzielle Probleme und das Konto ist Unterkante Oberlippe überzogen. Die Personalabteilung hat die Erhöhung des Dispositionskredites abgelehnt.«

Jens warf Frau Bach einen strengen Blick zu. »Dem Personalchef macht es Spaß, die Angestellten an der kurzen Leine zu halten. Ein Konto im Minus ist kein Indiz dafür, dass er sich an dem Sparbuch bedient hat.« Allerdings passte es zu dem, was Herr Yilmaz erzählte, was keine gute Nachricht war.

»Mensch, Chef«, seufzte sie. »Das wollte ich damit gar nicht sagen, ich habe lediglich den Inhalt der E-Mail wiedergegeben. Chantal war dabei. Die Revision hat sich wie ein Geier über ihn hergemacht und macht jetzt ein Riesendrama daraus. Für sie steht es fest: Ingo hat heimlich das Geld von dem Konto abgebucht und es in die eigene Tasche gesteckt.«

Jens sagte erst mal gar nichts dazu. Hatte Herr Schwarz sich an Kundengeldern bedient, musste er zur Rechenschaft gezogen werden. Für den übertriebenen Auftritt wegen zwei Buchungen über 14,99 EUR hatte er hingegen kein Verständnis. Frau Bach zappelte nervös neben ihm herum und beobachtete ihn gespannt. Was erwartete sie von ihm? Etwa, dass er sich dazu äußerte und wilde Spekulationen anstellte? Sie sollte ihn inzwischen besser kennen und wissen, dass er sich daran nicht beteiligte. »Was möchten Sie, Frau Bach?«

Sie wollte nicht stillstehen und knibbelte an den Fingernägeln. »Ihre Meinung hören. Kommen Sie schon, Chef.

Glauben Sie das etwa? Ich habe mit Ingo zusammengearbeitet und kann mir das überhaupt nicht vorstellen. Wie sehen Sie das?«

Verzweiflung trieb Menschen zu unüberlegten Handlungen, wie die Erfahrung zeigte. Während er sich Gedanken darüber machte, wie er die Antwort formulieren konnte, ohne in ein Fettnäpfchen zu treten, kaute Frau Bach jetzt auch noch an ihren Fingernägeln herum.

»Können Sie das bitte lassen, das Geräusch ist störend.«

Sie murmelte eine Entschuldigung und verschränkte die Arme hinter dem Rücken. Zwei Sekunden später setzte sie sich auf den Stuhl, um sofort wieder aufzustehen und herumzulaufen. Skeptisch runzelte er die Stirn.

»Warum ist Ihnen das so wichtig? Haben Sie etwas damit zu tun?«

Urplötzlich sah sie angestrengt in eine andere Richtung. »Es könnte sein, dass ich Nils schon einmal Geld von dem Sparbuch ausgezahlt habe«, sagte sie leise.

Ruckartig richtete er sich auf. »Wie bitte? Wann war das?«

»Es ist ein paar Wochen her ...«, gestand sie zerknirscht.

Auch das noch, dachte Jens und schüttelte frustriert den Kopf. Im ersten Lehrjahr durften Auszubildende laut Anweisung der Personalabteilung in Geschäftsstellen die automatischen Kassentresore nicht bedienen. Technisch war es trotzdem möglich. »Wie ist es dazu gekommen?«, wollte er mit ruhiger Stimme wissen.

Sie sah ihn unsicher an. Von dem sonst so selbstbewussten Auftreten und dem großen Mundwerk war nichts mehr zu sehen. Nervös spielte sie mit ihren Fingern herum und schindete Zeit. Er ahnte den Grund dafür.

»Lassen Sie mich raten: Kollege Maas hat sich zu einer ausgiebigen Zigarettenpause verdrückt und ihnen den AKT überlassen?« Langsam reichte es ihm. Frau Bach machte er deswegen keinen Vorwurf. Der Kassierer hatte ihr die Bedienung gezeigt und sie wusste, was sie tat. An ihrer Stelle hätte er wohl genauso gehandelt.

Sie nickte mit traurigem Gesichtsausdruck. »Wenn das rauskommt, ist die Kacke am Dampfen.«

Solange sie nichts falsch gemacht hatte, sollte es bei einer Ermahnung bleiben und für den Fall hatte er eine Idee. »Ging es dabei um eine der Buchungen, die die Kundin beanstandet hat?«

»Nein, das habe ich vorhin kontrolliert. Außerdem war das Sparbuch zu dem Zeitpunkt nicht gesperrt. Da bin ich mir zu einhundert Prozent sicher.«

Jens glaubte ihr. Die Situation war trotzdem unglücklich und das Kind in den Brunnen gefallen. »Sollte Sie die Revision anrufen und zu dem Vorgang befragen, haben wir das gemeinsam gemacht. Ich habe Ihnen die Bedienung des AKTs gezeigt und Sie haben die Buchung mit meiner ausdrücklichen Erlaubnis vorgenommen. Mehr sagen Sie dazu nicht und verweisen bei Rückfragen an mich.« Er konnte gar nicht so schnell reagieren, wie Frau Bach sich auf ihn stürzte und spontan umarmte. Etwas unbeholfen tätschelte er einmal ihren Rücken. »Sie können wieder loslassen.«

Hastig zog sie sich zurück. Ihre Augen glänzten verdächtig und sie sah ihn verlegen an. »Sie sind der beste Chef der Welt. Das werde ich Ihnen nicht vergessen. Vielen Dank!«

Die Situation wurde ihm immer unangenehmer und er winkte ab. »Passen Sie in Zukunft besser auf. Es gibt Kolleginnen und Kollegen, die keine Hemmungen haben und Sie eiskalt über die Klinge springen lassen. Seien Sie bitte nicht zu vertrauensselig.«

Sichtlich erleichtert atmete sie auf. »Und glauben Sie, dass Ingo es war?«, wechselte sie wieder das Thema.

Die Angelegenheit schien ihr nicht aus reiner Neugierde wichtig zu sein, daher entschied er sich zu antworten. »Ich glaube erst einmal gar nichts. Um dazu etwas sagen zu können, müsste ich die genauen Hintergründe kennen. Das tue ich nicht und jede Äußerung zu dem Sachverhalt wäre Spekulation.«

Er nahm zur Kenntnis, dass sie mit der Antwort überhaupt nicht zufrieden war. Frau Bach verschränkte die Arme vor der Brust. Ihr Blick fixierte ihn entschlossen, als ob das seine Meinung ändern würde.

»Ich bin mir sicher, dass er nichts damit zu tun hat. Die Kundin hat es sicher vergessen«, wiederholte sie.

Hartnäckig war sie und er unterdrückte den langsam aufkeimenden Ärger darüber. »Ihr Glauben in allen Ehren, aber ohne Beweise wird das dem Kollegen nicht helfen.«

»Genau und deswegen sollten wir Nachforschungen anstellen, Chef. Wir haben die Kontonummer und suchen die Auszahlungsbelege aus dem Archiv.«

Er starrte die junge Frau mit offenem Mund an. Der Vorschlag zeigte ihm deutlich, wie wenig sie die Situation verstanden hatte. Es war das Beste, die Füße stillzuhalten und sich nicht einzumischen. »Der Personalchef hat Sie im Auge. Wollen Sie es riskieren, dass jemand Ihren Namen in den Zugriffsprotokollen findet?«

Sie blinzelte kurz. »Wie meinen Sie das?«

»Herr Schreiber hat mir von den Schwierigkeiten mit männlichen Kollegen erzählt«, antwortete er, ohne groß darüber nachzudenken.

»Wie bitte?«, platzte sie heraus. Sie wurde knallrot und ihre Augen glänzten verdächtig. Überstürzt flüchtete sie aus dem Besprechungszimmer und knallte die Tür hinter sich zu. Fassungslos schüttelte Jens den Kopf und verfluchte die unbedachte Äußerung. Zügig ging er ihr hinterher. In der Kassenhalle war nur Herr Maas zu sehen, der ihm einen bitterbösen Blick zuwarf. Mit dem ausgestreckten Mittelfinger zeigte er auf die Treppen, die in den Pausenraum führten. Jens fand sie am Fenster stehend, mit dem Blick nach draußen.

»Ich bitte um Entschuldigung ...«

»Ist schon in Ordnung«, murmelte sie, ohne sich umzudrehen.

Sogar er bemerkte, dass dem nicht so war. Unkommentiert wollte er das nicht im Raum stehen lassen.

»Egal, was vorgefallen ist, es interessiert mich nicht. An Ihrer Arbeit und dem Auftreten gibt es keinen Grund zur Klage. Das bestätige ich gerne Ihrem neuen Chef, der Personalabteilung oder wer immer danach fragen sollte.«

»Es stimmt nicht ...« Sie brach ab und zog die Nase hoch. Jens ging zu ihr ans Fenster und reichte ihr eine Packung Taschentücher. Wie ein Elefant trötete sie los und er musste sich ein Schmunzeln verkneifen. Schweigend blieb er neben ihr stehen und wartete geduldig darauf, ob sie weiterredete. Es kam nichts mehr. Nach einer Minute drehte er sich um und wollte sie allein lassen. Als er die Türklinke in der Hand hatte, schimpfte sie leise.

»Irgendein Arsch verbreitet böse Gerüchte über mich: Flittchen, lässt sich mit Kollegen ein und will sich hochschlafen. Ich war geschockt, weil das sogar in der Personalabteilung angekommen ist.«

»Aha«, antwortete Jens. Abgesehen von der Bemerkung vorhin beim Gespräch hatte er davon nichts gehört. Geglaubt hätte er es sowieso nicht. Einen guten Ratschlag hatte er nicht parat, aber er wollte ihr trotzdem helfen. »Wenn Sie darüber reden möchten, steht Ihnen meine Bürotür jederzeit offen.«

Das Angebot entlockte ihr ein lautes Lachen. Sie drehte sich zu ihm um und wischte sich die Tränen aus dem Gesicht. »Und wo werde ich Sie finden, Chef?«

Er zuckte mit den Achseln. »Sobald hier alles erledigt ist, darf ich als Springer die Kassierer unterstützen.«

»Was für Idioten! Sie haben etwas Besseres verdient, als auf dem Abstellgleis zu landen«, schnaubte sie empört. »Und was machen wir jetzt wegen Ingo? Was passiert, wenn ihm gekündigt wird? Wer kümmert sich dann um die Familie? Mit zwei Kindern und dem Arbeitslosengeld werden die kaum über die Runden kommen. Soll die Mutter etwa zusätzlich arbeiten gehen?«

Langsam wurde es anstrengend. »Ich vermute nicht,

angeblich ist sie ausgezogen und hat ihn verlassen«, teilte Jens sein Wissen.

Frau Bach riss die Augen auf und starrte ihn mit offenem Mund an. »Und das sagen Sie mir erst jetzt?«, beschwerte sie sich.

»Es reicht jetzt!!!«, polterte er los. Ständig hatte jemand etwas an ihm zu mäkeln und zu meckern. Das ging zu weit. »Ich habe das in der Mittagspause gehört und weiß nicht, ob es stimmt. Außerdem bin ich Ihnen keine Rechenschaft schuldig. Das Beste für den Kollegen wäre, wenn weder die Personalabteilung noch jemand anderes davon erfährt. Sie machen gar nichts und halten die Füße still. Habe ich mich klar und verständlich ausgedrückt?«

Das plötzliche Donnerwetter erwischte die junge Frau eindeutig auf dem falschen Fuß. Wie zur Salzsäule erstarrt, stand sie da. Schlagartig bekam er ein schlechtes Gewissen. »Ich wollte Ihnen keinen Schrecken einjagen. Ist alles in Ordnung?«

Rasch strich sie sich eine Strähne aus dem Gesicht und grinste ihn schief an. »Jetzt entspannen Sie sich, Chef. Ich finde gut, wie Sie aus sich herauskommen. Das sollten Sie öfter machen.«

»Nun gut«, murmelte er und gab sich geschlagen. »Ich kann Ihre Bedenken trotzdem nachvollziehen und versuche, Herrn Schwarz zu helfen.«

Ihr Lächeln tröstete ihn über den Umstand hinweg, dass er keine Ahnung hatte, wie er das anstellen sollte. Gemeinsam gingen sie nach unten. Er entschied sich, den Kollegen einen Hinweis über die verwirrte Kundin zu geben. Möglich, dass sie die Abhebung vergessen hatte. Der Anruf in der Revision war vergebene Liebesmüh. Kaum hatte er seinen Eindruck geschildert, wurde er unterbrochen und abgewimmelt. So viel dazu.

7

Svenja beobachtete heimlich ihren Chef beim Telefonieren und hielt gespannt den Atem an. Das Gespräch war schnell beendet. Mist, das sah nicht gut aus. Er drehte den Kopf in ihre Richtung und schüttelte ihn leicht. Vom Ergebnis war sie enttäuscht, aber er hatte es versucht, was sie ihm hoch anrechnete. Die Vorwürfe gegen Ingo waren lachhaft! Nie im Leben hatte der das Geld vom Sparbuch der Nachbarin geklaut. In der Abteilung war er viel zu ehrlich gewesen.

Mit ihrer Meinung stand sie allein auf weiter Flur. Chantals Rundmail hatte eine Lawine losgetreten und in der WhatsApp-Gruppe des Lehrjahres wurde wild drauflos spekuliert. Schlagartig meinte jeder Ingo zu kennen und gab seinen Senf dazu. Es war zum Kotzen. Sie hasste Klatschtanten wie die Pest und ihr schwoll der Kamm an. Nach einer bösen Nachricht, in die Gruppe, stellte sie das Handy stumm.

Ihr Blick wanderte, wie von selbst, zurück zu Herrn Hader. Was er nach dem Auftritt von vorhin wohl über sie dachte? Sie hatte sich aufgeführt wie eine verrückte Närrin. Erst die spontane Umarmung, weil er ihr bestehen wollte, wenn es Probleme gab. Danach die Heulerei wegen der verdammten Gerüchte.

Sie verdächtigte Daniel als den Urheber. Anfangs fand sie

das Techtelmechtel aufregend und spannend, aber die Heimlichtuerei, auf der er bestand, wurde schnell anstrengend. Jemand, der so darauf bedacht war, den äußeren Schein zu wahren, passte nicht zu ihr. Eine solche Hinterhältigkeit hatte sie ihm jedoch nicht zugetraut. Die Gemeinheiten setzten ihr schlimmer zu als erwartet. Im Augenblick reichten Kleinigkeiten und sie heulte wie ein kleines Baby urplötzlich los.

Wie bei Herrn Haders Hilfsangebot. Fast wäre sie schwach geworden und hätte ihm von dem Schlamassel erzählt. Aber nur fast, dafür war sie in der Vergangenheit zu oft auf die Nase gefallen. Sie rollte mit dem Stuhl zurück und bemerkte Wilfred, der sie unverhohlen beobachtete. Sicher platzte er vor Neugierde und wollte wissen, welches Drama sich abgespielt hatte. Prompt kam er zu ihr an den Schreibtisch.

»Du hast geheult, Kindchen. Was hat der Alte verbrochen?«, fragte er absichtlich laut. »Soll ich mal ein ernstes Wörtchen mit ihm reden?« Er krempelte demonstrativ die Ärmel hoch und schaute in Richtung Chef. Der ignorierte die Provokation und machte ungerührt mit seiner Arbeit weiter.

»Das ist nicht nötig, da war nichts mit Herrn Hader.« Mit der Antwort gab Wilfred sich nicht zufrieden und wollte direkt losmarschieren. Hastig schnappte sie sich seinen Arm. Zwei Männer, die sich ihretwegen prügelten, konnte sie nicht gebrauchen. »Ehrenwort, er hat nichts getan.«

Schimpfend blieb Wilfred stehen. »Du bist vollkommen durch die Hecke, Kindchen. Ein Wort von dir und ich knöpfe mir den Mistkerl vor, egal wer es ist.«

Das ritterliche Angebot ließ sie schmunzeln. »Danke, aber ich schaffe das allein.«

Er grummelte eine unverständliche Antwort. Dann kramte er die Zigaretten aus seiner Hosentasche und marschierte breitbeinig Richtung Ausgang. »Ich geh' eine rauchen, Chef«, verkündete er und war verschwunden. Der Weg zur Lunge musste geteert sein, dachte sie kopfschüttelnd. Einmal hatte sie ihn auf sein Verhalten angesprochen.

Er lachte lauthals über die Frage: ›Was sollen die schon machen? Mich kurz vor der Rente rausschmeißen?‹

Unschlüssig sah sie sich um. Auf gar keinen Fall wollte sie sich mit den eigenen Problemen beschäftigen und suchte nach einer Ablenkung. Kunden anzurufen war, in Anbetracht der Schließung, sinnlos. Die täglichen Routineaufgaben wie Kontoauszüge und die Briefschließfächer einzusortieren, waren längst erledigt. Im Besprechungszimmer lagen verschiedene Listen, die ins Archiv gebracht werden mussten. Die Arbeitsbeschaffungsmaßnahme dauerte nicht lange. Zwanzig Minuten später war sie fertig. Ihr gingen die Ideen aus und bis die Filiale um 17:00 Uhr schloss, waren es knapp zwei Stunden. Kurzerhand räumte sie ihren Schreibtisch auf. Dabei fiel ihr der Ausbildungsordner in die Hände, der dringend auf den neusten Stand gebracht werden musste. Die Idee, den Chef spontan nach einem Ausbildungsgespräch zu fragen, verwarf sie schnell wieder. Noch ein Gespräch mit ihm unter vier Augen war heute keine gute Idee.

Unmotiviert machte sie sich ans Werk und trug die fehlenden Ausbildungsinhalte ein. Warum die Personalabteilung auf Papier bestand, war ihr ein Rätsel. Nach einer halben Stunde war sie fertig und holte sich die Unterschriften vom Chef ab. Er überflog die Einträge, unterschrieb und gab ihr den Ordner zurück. Für einen kurzen Augenblick hatte sie den Eindruck, dass er etwas sagen wollte, und sah ihn fragend an. Nichts kam und sie war im Begriff sich umzudrehen.

»Sie können für heute Feierabend machen«, sagte er urplötzlich.

Svenja blieb stehen und drehte sich zu ihm. »Aber ich habe doch gar keine Überstunden ...« Offiziell war es den Auszubildenden bei der Glückauf Bank untersagt. Trotzdem kam es gelegentlich vor, dass Kunden nach Dienstschluss angerufen werden mussten. In ihrer zweiten Woche hatte der Chef sie gebeten, an einem Tag länger zu bleiben. Auf freiwilliger Basis, wie er extra betonte. Im Gegenzug durfte sie dafür ein anderes Mal später kommen oder früher gehen. Eine Abmachung, von der beide Seiten profitierten.

Der Chef winkte ab. »Das ist egal, nach dem Tag haben Sie es sich verdient.«

Schlechtes Gewissen, vermutete sie, obwohl das albern war. Mit ihm darüber zu diskutieren brachte nichts, das hatte sie schnell gelernt. Wenn er etwas nicht wollte, konnte er stur und bockig wie ein Kleinkind sein. Der frühere Feierabend kam ihr gelegen. Unverzüglich packte sie ihre Sachen zusammen und verabschiedete sich. Ab nach Hause, rasch umziehen und dann ein paar Runden durch den Westpark joggen und den Kopf freibekommen.

Der Plan ging leider nur zur Hälfte auf. Die Bewegung tat ihr gut, aber ihre Gedanken wanderten immer wieder zu Ingo. Sobald jemand vorverurteilt oder ungerecht behandelt wurde, machte sie das unglaublich wütend. Ihr Gerechtigkeitssinn sei stark ausgeprägt, hatte ihr die Vertrauenslehrerin an der alten Schule erklärt. Jedes Mal ergriff sie Partei für den Benachteiligten und handelte häufig impulsiv und unüberlegt. In den meisten Fällen konnte sie sich auf ihr Gefühl verlassen und behielt recht. Weder Nils noch seinem Vater traute sie einen Diebstahl zu. Das musste ein Irrtum sein, der sich hoffentlich aufklärte. Trotzdem war der Schaden angerichtet und Ingos Ruf litt unter den Gerüchten. Beliebt war er bei den Kollegen in der Zahlungsverkehrsabteilung nicht. Er war zwar freundlich und hilfsbereit, aber extrem unzuverlässig. Häufig setzte er die Prioritäten falsch und die Arbeit kam viel zu kurz. Trotz seiner Macken hatte er das nicht verdient.

An sich hatte Svenja genug eigene Baustellen, um die sie sich kümmern sollte, aber anderen zu helfen war einfacher. Außerdem ging es ihr gut und es gab keinen Grund zu klagen. Sie hatte ein Dach über dem Kopf, jeden Tag warme Mahlzeiten und einen Ausbildungsplatz bei der angesehenen Bank. Beim Gedanken daran kam sie kurz aus dem Tritt und fluchte leise. Es war nur eine Frage der Zeit, bis das Kartenhaus zusammenfiel und sie sich der Realität stellen musste.

8

Jens fiel ein Stein vom Herzen, weil Frau Bach das Angebot annahm und sich auf den Weg nach Hause machte. Ja, er hatte ein schlechtes Gewissen und fühlte sich mit der Situation überfordert. Als sie mit dem Ausbildungsordner an seinem Schreibtisch auftauchte, bekam er Panik und hätte am liebsten die Flucht ergriffen. Für ein Ausbildungsgespräch mit der Kollegin war er nach dem Tag nicht mehr in der Lage. Glücklicherweise ging es nur um die lästigen Sichtvermerke für die Personalabteilung.

Herr Maas war auf jeden Fall immer noch sauer. Er kam von der Zigarettenpause zurück und warf ihm einen kurzen bösen Blick zu. Jens seufzte leise. Die ständig schlechte Laune des Kassierers, die er wie eine Blume hegte und pflegte, war inzwischen unerträglich.

Die restliche Zeit des Arbeitstages zog sich wie Kaugummi in die Länge und Jens probierte etwas vollkommen Neues: Er rührte keinen einzigen Finger mehr. Als dann endlich Feierabend war, schloss er in Windeseile die Geschäftsstelle ab und wartete ungeduldig auf den Kassenabschluss. Wie immer hatte Herr Maas vorgezählt und tippte hastig die Zahlenkolonnen von seinem Schmierzettel ab. In letzter Zeit hatte es häufiger Differenzen gegeben, weil der

Kollege sich verzählt oder das Geld falsch gebündelt hatte. Heute lief alles glatt und sie konnten in den wohlverdienten Feierabend verschwinden.

Am nächsten Morgen hatte Jens keine Eile und ging es ausnahmsweise gemütlich an. In der Geschäftsstelle wartete nichts auf ihn. Erst um 8:30 Uhr betrat er die Räumlichkeiten. Kaum hatte er sich an dem Rechner angemeldet und die wichtigsten Programme geöffnet, erlebte er eine böse Überraschung. Zahlreiche E-Mails waren seit gestern eingetrudelt. Zwei überflog er, den Rest löschte er ungelesen. Der Inhalt drehte sich ausschließlich um den Vorfall mit dem Sparbuch. Unglaublich, wie der Zwischenfall sich verselbstständigt hatte. Herr Schwarz tat ihm leid. Ob unschuldig oder nicht, das war sicher erst der Anfang. Sein gesamtes Privatleben würde ausgebreitet und jede noch so kleine Verfehlung, wenn es denn überhaupt eine war, breitgetreten und durch die Flure getragen.

Jens warf einen kurzen Blick ins Intranet und rief die neuesten Informationen auf. Das Hauptthema der letzten Tage war das große Jubiläumsfest zum 50-jährigen Bestehen der Bank. Für die Mitarbeiter gab es heute Abend eine Feier in einer Gastronomie im Stadtpark. Für die Lokalpolitiker und Pressevertreter war eine kleine, diskrete Veranstaltung am Sonntag geplant. Dort unterhielt man sich nur über schöne Dinge. Ausnahmsweise war es gut, dass nichts nach außen drang. Kam es zu Unregelmäßigkeiten jeglicher Art innerhalb der Glückauf Bank, wurde nur in Ausnahmefällen in der Öffentlichkeit darüber berichtet. Der Vorstand wusste geschickt seine Beziehungen zu nutzen und negative Presse zu vermeiden.

An der Tür läutete es und er ließ Frau Bach herein. Sie machte einen betont fröhlichen Eindruck und es schien sie kein Wässerchen trüben zu können. Voller Elan holte sie die

Post aus dem Nachtbriefkasten und erledigte die anfallenden Arbeiten. Die Geschäftsstelle blieb um Punkt 9:00 Uhr geschlossen. Sogar die Stammkunden, die sich jeden Morgen, pünktlich zehn Minuten vor Öffnung, einfanden und ungeduldig mit den Hufen scharten, glänzten durch Abwesenheit.

Schweigend saß Jens an seinem Schreibtisch und starrte auf den Bildschirm. Zu tun gab es im Augenblick nichts. Gedankenverloren scrollte er durchs Intranet. Plötzlich tauchte ein Laufband im oberen Bildschirmbereich auf und wies auf einen dringenden Hinweis der Revision hin.

Er rief die Seite auf. Anscheinend versuchte man, der Gerüchteküche Herr zu werden und hatte eine Stellungnahme zu den Diebstählen verfasst. Kopfschüttelnd las er die Details: Ein namentlich nicht genannter Kollege aus dem Zahlungsverkehr hatte Geld unterschlagen. Danach folgte die ausdrückliche Anweisung, dass die Informationen auf keinen Fall das Haus verlassen durften und es dienstrechtliche Konsequenzen nach sich ziehen würde, wenn man dagegen verstieß. Herr Schwarz war es anscheinend doch gewesen ...

Um 09:30 Uhr tauchte dann endlich Herr Maas auf. Siedend heiß fiel Jens ein, dass er bei dem ganzen Stress vergessen hatte, ihn über die Schließung zu informieren. Als er es nachholen wollte, wusste der Kollege trotzdem Bescheid und deutete mit dem Finger auf den Kassenmonitor. Die gut versteckte Information hatte Jens vollkommen übersehen. Die Kunden wurden bereits auf die anderen Filialen im Geschäftsgebiet verteilt und waren mit einem Anschreiben vom Vorstand informiert worden. Das hatten sie bereits erhalten und die Pressemitteilung erschien heute in den lokalen Tageszeitungen. Kein Wunder, dass niemand vor der Tür stand. Jens ärgerte sich. Nach so vielen Jahren durfte er sich nicht einmal von den Kunden verabschieden. Als er sich für sein Versäumnis entschuldigen wollte, störte die Auszubildende.

»Die Personalabteilung ist am Telefon und möchte Herrn Maas sprechen.«

Laut meckernd, nahm der das Gespräch entgegen. Jens verstand nicht, was dort geredet wurde, aber der Kassierer lächelte plötzlich. Ein seltener Anblick.

»Vielen Dank, das wünsche ich Ihnen auch.« Mit einem breiten Lächeln auf den Lippen reichte er den Hörer weiter. »Herr Schreiber will Sie sprechen.«

»Hallo Ralf, was gibt es?«, fragte Jens.

»Der Vorstand hat Herrn Maas die letzten Tage erlassen und er kann nach Hause gehen. Sie übernehmen den Schlüssel und kümmern sich um die Ablieferung der Geldbestände.«

»Gibt es noch etwas, was ich wissen sollte?«

»Frau Bach wird in der Hauptstelle im Zahlungsverkehr gebraucht. Aufgrund der gegebenen Umstände fehlt ein Kollege zum Korrigieren der Überweisungsbelege. Bis der neue Einsatzort feststeht, wird sie dort aushelfen.«

»Frau Bach sollte besser ...«

»Bitte richten Sie ihr das aus«, wurde er sofort unterbrochen.

»Es ist mir ein Vergnügen, Ralf«, antwortete er ironisch. »Was mache ich in der Zwischenzeit?«

»Sie bleiben vor Ort und unterstützen bei der Schließung. Die Kollegen der Hauptkasse kommen am Montag um 13:00 Uhr mit dem Geldtransporter. Bereiten Sie alles vor und dann sehen wir weiter.«

»Okay.« Mehr hatte Jens nicht zu sagen und legte auf.

Herr Maas summte ein fröhliches Liedchen und drückte ihm den Schlüsselbund in die Hand. »Machen sie's gut, Chef«, sagte er und marschierte schnurstracks zu Frau Bach. Mit einer kurzen Umarmung verabschiedete er sich von der überraschten Kollegin. Jens ging langsam zu seinem Schreibtisch und setzte sich hin. Nach 25 Jahren war jetzt endgültig Feierabend. Schlagartig kamen Erinnerungen an die Ausbildungszeit hoch und er fühlte sich ein wenig traurig.

Frau Bach ließ den Kollegen raus und kam danach zu ihm. »Alles in Ordnung, Chef?«

»Ja, alles in Ordnung«, log er. Urplötzlich ging es ihm nahe und er kämpfte gegen den dicken Kloß im Hals an. »Ein komisches Gefühl nach der langen Zeit. Hier habe ich meine Ausbildung begonnen und danach im Service gearbeitet, bevor ich später Berater und Leiter wurde.«

»Traurig zu sein ist …«

»Aber genug davon«, unterbrach er sie. Die Situation war ihm unangenehm und er wollte nicht näher darauf eingehen. »Die Zahlungsverkehrsabteilung benötigt Unterstützung. Sie sollen dort aushelfen, bis man eine passende Stelle für Sie gefunden hat.«

Bei der Neuigkeit entglitten ihr die Gesichtszüge, was er gut nachvollziehen konnte. In der Ausbildung Belege und Unterschriften zu korrigieren, war eine Strafe. Statt einer Antwort nickte sie nur und packte ihre Sachen zusammen. Viel war es nicht. Mit dem Ausbildungsordner unter dem Arm, verabschiedete sie sich von ihm.

»Machen Sie es gut. Vielleicht sehen wir uns heute Abend auf dem Fest und trinken ein Bier zum Abschied?«, fragte sie ihn.

»Wir werden sehen«, murmelte er unverbindlich und brachte sie zur Tür. Dann war er allein. Gedankenverloren sah er sich in der leeren Geschäftsstelle um. Er fühlte sich wie der Kapitän auf dem sinkenden Schiff. Seufzend setzte er sich an den Schreibtisch und druckte ein Schild aus, auf dem er die Kunden über die Schließung informierte. Notgedrungen blieb ihm nichts anderes übrig, als hier zu sitzen und sich zu langweilen. Zum Mittagessen gab es, aus Frust, wieder einen Döner. Herrn Yilmaz' Begrüßung war herzlich wie immer, aber Jens hatte keine Lust auf Small Talk und ließ sich das Essen einpacken.

Aus purer Langeweile beschäftigte er sich später mit dem anstehenden Fest. Einmal im Jahr lud der Vorstand alle Mitarbeiterinnen und Mitarbeiter auf Kosten der Glückauf Bank ein. Dieses Mal fiel der Termin mit dem Jubiläum der Bank zusammen. Man konnte der Führungsetage einiges vorwerfen, aber bei diesen Events wurde nie geknausert. Durch das Abendprogramm führte ein bekannter Comedian und für die Unterhaltung waren zahlreiche Lokalberühmtheiten, alles Z-Promis, eingeladen. Das Menü hörte sich vielversprechend an. Ob Fleischesser, Vegetarier oder Veganer, für jeden Geschmack gab es eine große Auswahl an Speisen und Getränken. Das bekamen die Mitarbeiter kostenlos. Obwohl er nicht mehr so gesellig war, hatte Jens in all den Jahren nur eine Handvoll Veranstaltungen verpasst. Essen und Cocktails, waren eine Schwäche von ihm. Inzwischen wollte er nicht mehr hingehen. Auf die schadenfrohen Gesichter der anderen Kollegen, weil es ihn statt sie erwischt hatte, hatte er keine Lust. Nein, das Thema war für ihn abgehakt. Wie es der Zufall wollte, erschien kurz danach die Benachrichtigung über eine neue E-Mail. Zu seiner großen Überraschung war es Frau Bach, die ihm geschrieben hatte.

Hallo Chef,

hier ist es sehr interessant und ich habe sehr viel Spaß. Die Kollegen sind sehr freundlich und sehr nett. Ich habe bereits sehr viel Neues gelernt und fühle mich hier sehr wohl. Kommen Sie heute Abend zum Fest?

Sehr viele Grüße

Frau Bach

Ihre Wortwahl verriet ihm, dass sie es unmöglich ernst meinen konnte. Persönlich bevorzugte er den direkten Kontakt und nicht das Verschicken von Nachrichten. In diesem Fall machte er aber eine Ausnahme. Er wollte seine Nichtteilnahme nicht am Telefon mit ihr ausdiskutieren.

Hallo Frau Bach,

schön, dass es Ihnen gut geht und Sie sich eingelebt haben. Ich hoffe, Sie genießen die Zeit im Zahlungsverkehr und haben sehr viel Spaß. Um auf Ihre Frage zurückzukommen: Nein, ich werde nicht zur Veranstaltung gehen.

Mit freundlichen Grüßen

Jens Hader

Zufrieden mit dem Ergebnis schickte er die E-Mail ab und

lehnte sich im Stuhl zurück. Mit geschlossenen Augen döste er vor sich hin. Plötzlich schreckte ihn ein lautes Klingeln auf. Anscheinend war er kurz eingeschlafen. Orientierungslos nahm er das Telefonat an.

»Am Kortländer, Hader …«

»Ich bin es Chef«, wurde er unterbrochen. »Wieso kommen Sie nicht?«

Na klasse, dachte er sich. Genau das hatte er vermeiden wollen. »Ich habe keine Lust«, erklärte er kurz angebunden.

»Aber Sie müssen kommen!«

»Und warum?«

»Das fragen Sie noch?«, schallte es ungläubig aus dem Hörer. »Wir waren ein Team und haben gut zusammengearbeitet. Da muss doch zum Abschied ein Bierchen drin sein, oder etwa nicht? Der Zweigstellenausflug hat auch nicht stattgefunden. Und zur Feier ihres Dienstjubiläums dürfen Sie mir heute Abend einen Cocktail ausgeben.«

»Die Getränke sind kostenlos«, erinnerte er sie.

»Genau! Und weil Sie in Zukunft weniger verdienen werden, schont das Ihren Geldbeutel.«

Er holte tief Luft. »Um das klarzustellen: Ich nage nicht am Hungertuch. Um Sie zu einem Cocktail einzuladen, reichen meine Ersparnisse gerade so aus.«

Frau Bach lachte. »Ich nehme Sie beim Wort, das machen wir dann ein anderes Mal. Kommen Sie jetzt oder nicht?«

Weigerte er sich, würde sie ihn weiter piesacken und so lange bearbeiten, bis er endlich nachgab. Sein Kopf war eindeutig gegen eine Teilnahme, aber trotzdem zögerte er. Er mochte Frau Bach, hegte aber keine romantischen Gefühle für sie. Außerdem hatte sie mit ihren Einwänden recht. Der Ausflug war seinetwegen ausgefallen und sie waren ein gutes Team. Sein Entschluss geriet ins Wanken. »Geben Sie dann Ruhe?«

Ein schrilles Geräusch kam aus dem Hörer und drang schmerzhaft an sein Ohr. »Yippie, wir sehen uns heute Abend.«

»Wann und wo treffen wir uns?«

»Keine Sorge, ich finde Sie, Chef.« Im nächsten Augenblick hatte sie aufgelegt.

Das war es mit dem schönen gemütlichen Freitagabend vor dem Fernseher. Trotzdem freute er sich etwas. Leckeres Essen, das Bier mit der Kollegin und sich den einen oder anderen Cocktail auf Kosten des Vorstands gönnen. Verdient hatte er das auf jeden Fall.

9

»Na du aufsteigender Stern am Kassiererhimmel, wie geht es dir?« Jens verschluckte sich beim Klang der Stimme neben seinem Ohr und hustete keuchend. Jemand schlug ihm kräftig auf den Rücken und verschlimmerte es dadurch. »Verreck mir ja nicht, nachher muss ich deinen Platz einnehmen.«

Es war Oliver Müller, Leiter einer kleinen Geschäftsstelle in Essen. Sie hatten sich bei einem Verkaufstraining getroffen und seitdem duzte der ihn einfach. Jens gab einen missbilligenden Laut von sich. Der Kollege konnte sich glücklich schätzen, weil es ihn nicht erwischt hatte. Im Gesamtranking war er gerade einmal zwei Plätze vor ihm. Der Hustenreiz legte sich langsam und er konnte antworten. »An Ihrer Stelle würde ich mich nicht zu früh freuen. Der Kortländer war sicher nicht die letzte Schließung.«

Herr Müller zuckte mit den Achseln und zwinkerte ihm zu. »Jetzt erzähl schon: hat der Ingo wirklich seinen Sohn geschickt, damit er das Geld vom Sparbuch klaut?«

Prompt verschluckte sich Jens erneut. Der Hustenanfall war deutlich heftiger und er spürte, wie sein Kopf knallrot anlief. Als er nach einer gefühlten Ewigkeit endlich wieder reden konnte, funkelte er den Kollegen wütend an. »Egal, wo Sie es herhaben: Es stimmt nicht!«

»Alles gut, reg dich nicht gleich künstlich auf. Wie war es denn dann?«

»Das weiß ich nicht. Lassen Sie mich damit in Ruhe!«, sagte Jens kurz angebunden. Er schnappte sich das halb volle Glas und suchte schnell das Weite. Nicht einmal eine halbe Stunde war er hier und bereute es bereits. Jemand hatte seinen Mund nicht gehalten und rumerzählt, dass der Diebstahl in seiner Filiale aufgefallen war. Wie das Licht die Motten zog die Nachricht die Kollegen an, die Informationen aus erster Hand haben wollten. Der Rest wollte ihn wegen der plötzlichen Schließung seiner Geschäftsstelle aushorchen. Er sah sich um und suchte nach einer ungestörten Ecke, wo er den Cocktail austrinken konnte. Immerhin schmeckte der hervorragend und tröstete ihn ein kleines bisschen über die penetranten Störer hinweg.

Stündlich wurde seine Laune mieser. Inzwischen war es elf. Hätte er Frau Bach nicht versprochen, mit ihr anzustoßen, wäre er gegangen. Wenige Minuten später entdeckte er sie endlich. In einer schlecht einsehbaren Ecke unterhielt sie sich mit einem Mann. Jens sah nur den Rücken und erkannte nicht, wer es war. Geduldig wartete er ab, weil er nicht stören wollte. Plötzlich schüttelte Frau Bach heftig den Kopf und machte Anstalten zu gehen. Der Unbekannte versperrte ihr den Weg und hielt sie am Arm fest. Die Situation gefiel Jens überhaupt nicht. Kurz entschlossen, marschierte er zu den beiden und wollte nach dem Rechten sehen.

»Hier sind Sie, Frau Bach«, kündigte er sich übertrieben laut an. »Ich habe Sie überall gesucht. Wir müssen auf die gemeinsame Zeit in der Zweigstelle anstoßen. Los, kommen Sie mit.« Unauffällig versuchte er einen Blick auf ihren Begleiter zu werfen, aber der Mann drehte sich zur Seite und ging unerkannt weg. Zu gerne hätte er gewusst, wer ihr auf die Pelle gerückt ist. Dann widmete er seine Aufmerksamkeit der jungen Frau. Skeptisch runzelte er die Stirn und musterte sie gründlich. Sie machte einen nervösen Eindruck und das Lächeln wirkte gezwungen.

»Was wollte der Herr von Ihnen?«, wollt er wissen.

»Nichts Wichtiges«, versuchte sie ihn zu beschwichtigen.

»Das sah für mich aber anders aus«, widersprach er ihr. Sie schüttelte trotzig den Kopf. Zum Reden zwingen konnte er und wollte er sie nicht. »Ich erwarte nicht, dass Sie sich mir anvertrauen, aber wenn es mit der Arbeit zu tun hat, haben die Kollegen aus der Jugend- und Auszubildendenvertretung sicher ein offenes Ohr für Sie.«

Frau Bach rollte mit den Augen und schüttelte dann den Kopf. »Das Thema hatten wir Chef. Darum muss ich mich selbst kümmern. Danke, dass Sie herübergekommen sind. Stoßen wir jetzt an?«

Die abrupten Themenwechsel beherrschte sie perfekt und Jens beließ es dabei. Nickend deutete er zu einer der Cocktailbars, wo nur wenige Leute standen. Schweigend schlenderten sie dorthin und bestellten zwei Long Island Iced Tea. Mit dem Getränk in der Hand stellten sie sich etwas abseits.

»Es war mir eine Freude, mit Ihnen zusammenzuarbeiten«, sagte er ehrlich.

Das zauberte ihr ein Lächeln auf die Lippen. »Geht mir genauso, Chef«, antwortete sie. »Jetzt, wo wir nicht mehr zusammenarbeiten, können wir doch zum Du wechseln?«

Mit der Frage hatte er nicht gerechnet und sah sie überrascht an. Darauf antworten wollte er im Augenblick nicht. Was das Duzen betraf, war er mit der Zeit vorsichtiger geworden. Zu vertraulich durfte es auf der Arbeit nicht sein. Der Ältere bot es dem Jüngeren an oder der Vorgesetzte dem Untergebenen. Mit den Auszubildenden war es weitaus komplizierter. Mit ihnen duzte er sich generell nicht, um keine persönliche Beziehung aufzubauen. Die Grenzen zwischen Lehrer und Schüler mussten klar gesteckt sein. Nicht einmal Herrn Maas hatte er, nach den vielen Jahren der Zusammenarbeit, das Du angeboten. Frau Bachs fragender Blick machte ihn nervös und er zerrte am Hemdkragen. Ihm widerstrebte es, aber ihre Gefühle verletzen wollte er genauso wenig.

Sie bemerkte seine Misere und lachte plötzlich laut. Herzhaft stieß sie ihm den Ellbogen in die Seite. »Wenn Sie mich nicht duzen wollen, ist das kein Weltuntergang, Chef. Wir können das einfach später nachholen. Zum Beispiel nach meiner Ausbildung.«

»Vertagen wir das Ganze«, redete er sich raus und nahm einen großen Schluck von dem Cocktail. Die Mischung war stark und er schüttelte sich kurz. Dabei bemerkte er aus den Augenwinkeln eine Gruppe Jungangestellter, wahrscheinlich Auszubildende, die nur wenige Schritte entfernt standen. Tuschelnd starrten sie in seine Richtung. Er schaute unauffällig auf sein Hemd. Hatte er mit der Currysauce gekleckert? Auf den Festen der Glückauf Bank war es Tradition, die berühmte Bochumer Currywurst, die Herbert Grönemeyer besungen hatte, zu servieren.

Frau Bach bemerkte die neugierigen Gaffer. Ihr Gesichtsausdruck verfinsterte sich für einen kurzen Augenblick. Sichtlich genervt schnaubte sie. »Und da haben wir die Klatschtanten aus meinem Lehrjahr. Wenn die sich nicht über etwas das Maul zerreißen können, sind die nicht glücklich.«

Und jetzt gerade waren offensichtlich sie das Thema, befürchtete Jens. Ihre kleine Zusammenkunft befeuerte hoffentlich nicht die Gerüchte über Frau Bach. Mit einem großen Schluck trank er den Cocktail aus.

»Sie haben aber einen Durst«, stellte sie amüsiert fest.

Ja, das hatte er. Außerdem hatte er sich zur Currywurst, das eine oder andere Fiege gegönnt und musste urplötzlich dringend zur Toilette.

»Ich gehe mir mal kurz die Hände waschen«, entschuldigte er sich.

»Keine Eile, Chef. Ich besorge mir ein neues Getränk und sehe mich ein wenig um. Wir laufen uns sicher wieder über den Weg.«

Zügig eilte er zu den Toiletten in der ersten Etage. Direkt vor seiner Nase flog die Tür auf und eine Gestalt stolperte ihm entgegen. Im letzten Augenblick konnte er den Zusammenstoß verhindern und hielt den Kollegen fest. Die Alkoholwolke, die ihm entgegenschlug, erklärte den stürmischen Auftritt.

»Entschuldigung, ich habe ...« Jens brach mitten im Satz ab. Der große Mann, den er vor dem Sturz bewahrt hatte, war niemand anderes als Ingo Schwarz.

Der Kollege sah erschreckend aus. Seit ihrem letzten Treffen hatte er sich stark verändert und ordentlich an Gewicht zugelegt. Außerdem hatte er rote Flecken im Gesicht und die Wangen wirkten aufgedunsen. Der spärliche und lückenhafte Vollbart war neu und verstärkte den negativen Gesamteindruck. »Was machen Sie denn hier? Ich dachte ...«

Aus blutunterlaufenen Augen glotzte ihn der Kollege an. »Was?«, nuschelte er und schwankte heftig von links nach rechts. Mit Mühe und Not verhinderte Jens, dass er umfiel.

»Alles in Ordnung?« Natürlich nicht, schalt er sich stumm, eine dümmere Frage hätte er in dem Augenblick nicht stellen können.

»Geht schon«, lallte Herr Schwarz, als sei nichts gewesen. »Neues Getränk ... Wir sollten ... Trinken ... Gemeinsam.« So sehr Jens sich anstrengte, es war kaum ein Wort zu verstehen. Bei dem Alkoholpegel kein Wunder. Ihm war unbegreiflich, was der Kollege hier auf dem Fest machte. Nicht auszudenken, was passierte, wenn ihn der Vorstand oder jemand aus der Personalabteilung entdeckte. Am besten sorgte er dafür, dass Herr Schwarz unauffällig verschwand.

»In Ihrem Zustand sollten Sie lieber ein Taxi nehmen und nach Hause fahren.« Vorsichtig hielt Jens ihn am Arm fest. Der Betrunkene riss sich urplötzlich los und verlor dabei das Gleichgewicht. Wie ein gefällter Baum knallte er auf den Boden. Leise stöhnend, rappelte er sich wieder auf und Jens half ihm auf die Beine. Auf der Stirn wuchs in rasantem Tempo eine Beule und wurde schnell größer. Mit glasigem Blick stützte er sich ab.

»Nichts passiert. Ich ... Also ich ... Durst muss trinken.«

»Ab sofort nur Wasser und wir bringen Sie schnellstens

nach Hause!«, widersprach Jens. Nur widerwillig setzte sich Herr Schwarz in Bewegung.

»Was soll dieser Auflauf hier?«, schimpfte eine bekannte Stimme lauthals hinter ihnen.

Jens drehte sich zur Seite und stöhnte frustriert. Wieso musste ausgerechnet Ralf hier auftauchen. Schnell schob er den Betrunkenen Richtung Wand und stellte sich davor. Leider zu spät. Der Personalchef erkannte sofort, wer dort stand.

Wütend kniff er die Augenbrauen zusammen und baute sich drohend vor dem Kollegen auf. »Ihre Nerven möchte ich haben. Nach der Geschichte wagen Sie es, hier aufzulaufen? Schauen Sie sich nur an, wie der letzte Asoziale sehen Sie aus.«

Herr Schwarz hob die Fäuste und Ralf wich instinktiv einen Schritt zurück.

Hastig stellte sich Jens zwischen die beiden. »Bitte beruhigen Sie sich«, sagte er zu dem Betrunkenen.

»Du solltest lieber deine Klappe halten«, lallte Herr Schwarz.

»Solche Unverschämtheiten lasse ich mir von einem Dieb nicht gefallen!«, brüllte Ralf zurück. Trotz der lauten Musik im Hintergrund blieb die Diskussion nicht unbemerkt. Neugierige Kollegen kamen näher und begafften das Schauspiel. Anstalten zu helfen, machten sie keine.

Ralf winkte eine Kollegin heran. »Holen Sie den Sicherheitsdienst, damit dieses asoziale Individuum entfernt wird.«

Jens hatte große Mühe, Herrn Schwarz zu bändigen, der wild mit den Fäusten herumfuchtelte und versuchte, auf den Personalchef loszugehen.

»Weiß, was du treibst …«, lallte Ingo. »Habe alles mitbekommen und werde … Vorstand erzählen …«

Blitzschnell fuhr Ralf Schreiber herum. Das Gesicht war vor Wut verzehrt und er hatte die Hände zu Fäusten geballt. Drohend kam er näher. »Wenn ich mit Ihnen fertig bin, werden Sie nie wieder einen Job finden!« Dann machte er auf dem Absatz kehrt und drängelte sich ungestüm durch die Neugierigen. Jeder, der nicht schnell genug aus dem Weg war, bekam einen Ellbogen in die Seite. Trotz seines betrunkenen Zustands wollte Herr Schwarz ihm hinterher. Jens hielt ihn mit aller Kraft zurück.

»Lassen Sie es gut sein«, beschwor er ihn. »Mehr Ärger können Sie nicht gebrauchen. Kommen Sie, wir gehen nach unten und ich besorge Ihnen ein Taxi.«

Der Kollege zögerte und machte den Mund zum Reden auf und seufzte leise. Mit einem Mal sackten die Schultern herab. Er atmete schwer und sah zu Boden. Mit dem Hemdärmel wischte er sich hastig über das Gesicht und zog geräuschvoll die Nase hoch. »Nicht gestohlen! Nils ... nicht. ... musst du glauben.«

Vor aller Augen weinte er leise. Hilflos sah sich Jens um. Die Umstehenden hatten nichts Besseres zu tun, als Videos mit den Handys aufzunehmen und schadenfroh zu lästern. Er musste ihn nach unten schaffen, bevor noch mehr Gaffer auftauchten.

»Kann mir bitte jemand helfen?«, fragte er in die Runde. Niemand reagierte. »Ihr seid die besten Kollegen, die man sich vorstellen kann!«

Dann musste es halt so gehen. Herr Schwarz hatte jeden Widerstand aufgegeben und stützte sich schwer auf seiner Schulter ab. Ächzend führte er ihn durch den Raum zu den Treppen ins Erdgeschoss. Die Gespräche der Gruppen, an denen sie vorbeikamen, verstummten. Abfällige Kommentare fielen und die ganz dreisten machten Fotos. So gut es ging, schirmte Jens den Betrunkenen ab, der in Schneckentempo neben ihm schlurfte und leise seine Unschuld beteuerte.

Zu allem Übel musste Jens dringend auf die Toilette. Lange würde er es nicht mehr aushalten. Verzweifelt suchte er nach jemandem, der ihm helfen konnte. Als hätten die Kollegen seine Absicht geahnt, wichen sie seinen Blicken aus und schauten weg. Urplötzlich war Frau Bach da und half kommentarlos. Sie ging auf die andere Seite und stützte den Betrunkenen.

Gemeinsam schafften sie es, Herrn Schwarz nach draußen zu bringen. Dort, wo die Taxis anhielten, befand sich eine Parkbank und sie setzten ihn vorsichtig darauf.

Frau Bach holte ihr Handy aus der Tasche. »Ich besorge dir jetzt ein Taxi und dann gehts nach Hause. Schaffst du es ohne Hilfe in die Wohnung oder soll ich jemanden anrufen?«, fragte sie.

Herr Schwarz schüttelte unbeholfen den Kopf. Durch den Schwung verlor er das Gleichgewicht und kippte auf die Bank. Ächzend richtete er sich wieder auf. »Janina nicht da ... Mutter-Kind ... Kur ... Bald ...«

Jens trat nervös von einem Bein aufs andere und hörte nur halb zu. Er musste SOFORT zur Toilette oder es passierte ein Unglück.

»Ich bin in fünf Minuten zurück. Bitte bleiben Sie so lange bei ihm und passen auf«, verabschiedete er sich und eilte ins Gebäude. Im Eingangsbereich stieß er fast mit Ralf zusammen, der sich suchend umsah.

»Haben Sie den Trunkenbold nach Hause geschafft oder lungert der hier noch herum?«

»Frau Bach besorgt ihm ein Taxi.« Ralf wollte eine Frage stellen, aber Jens winkte ab. »Keine Zeit, muss mir die Hände waschen.« So schnell es die drückende Blase zuließ, hastete er weiter. In Sichtweite der Toiletten hielt ihn urplötzlich Herr Klein auf. Bitte nicht, flehte Jens stumm und wippte auf den Zehenspitzen auf und ab.

»Hallo Herr Hader. Können Sie mir ...«

»Es ist gerade ungünstig«, stieß er zwischen zusammengebissenen Zähnen hervor und wollte an dem jungen Mann vorbei. Mit einem schnellen Schritt versperrte der ihm den Weg. Verärgert runzelte Jens die Stirn, was eiskalt ignoriert wurde.

»Es dauert nicht lange«, versicherte Herr Klein. »Haben Sie zufällig Frau Bach gesehen?«

Mit dem Finger deutete Jens in Richtung Ausgang. »Sie bestellt gerade ein Taxi. War es das?«

Eine Antwort bekam er nicht. Stattdessen hastete der Vertriebler nach draußen. Jetzt war allerhöchste Eile angesagt.

Knapp zehn Minuten später ging Jens erleichtert zurück zu der Parkbank. Von Frau Bach und Herrn Schwarz war nichts zu sehen. Der Kollege saß sicher schon im Taxi und seine Aufgabe war damit erfüllt. Für heute hatte er genügend Drama erlebt. Die Gelegenheit war günstig und er wollte sich unbemerkt aus dem Staub machen. Es war angenehm warm und Jens machte sich auf den Weg Richtung Straßenbahnhaltestelle, am Planetarium. Nach wenigen Schritten kam ihm eine sichtlich aufgeregte Frau Bach entgegen.

10

»Haben Sie den Ingo gesehen?«, fragte sie ihn und sah sich hektisch um.

»Ich bin davon ausgegangen, dass Sie ihn ins Taxi verfrachtet haben und er auf dem Weg nach Hause ist. Was ist passiert?«

»Ich war für einen Augenblick abgelenkt und habe ihn aus den Augen verloren.«

Jens erinnerte sich an Herrn Klein, der nach ihr gefragt hatte. Das reichte ihm als Erklärung aber nicht. Er fixierte die junge Frau mit ernstem Blick. »So betrunken, wie der Kollege ist, konnte er nicht unbemerkt verschwinden. Sie müssen doch etwas bemerkt haben.«

Frau Bach errötete leicht und sah schnell zur Seite. Mit einer hastigen Geste strich sie sich durchs Haar und fluchte leise. Kurz sah sie sich um. »Ich ...« Sie zögerte. »Es war dringend und ich bin nur kurz um die Ecke gegangen. Verstehen Sie?«

Nein, tat er nicht, aber das war im Augenblick Nebensache. In Herrn Schwarz' Zustand bestand die Gefahr, dass er eine Dummheit anstellte oder sich verletzte. Notgedrungen musste er ihn suchen gehen.

»Sie helfen mir«, entschied er. Schließlich hatte sie maßgeblich dazu beigetragen, dass es überhaupt so weit kommen konnte. »Wir sehen zuerst drinnen nach. Treffpunkt in fünf Minuten wieder hier, wenn er dort nicht ist.«

Fortuna meinte es nicht gut mit ihnen. Die Suche verlief ergebnislos, aber so schnell gab Jens nicht auf.

»Ich gehe bis zur Straßenbahnhaltestelle und Sie nehmen die entgegengesetzte Richtung zum Zoo. Wenn Sie ihn gefunden haben, geben Sie mir bitte Bescheid«, schlug er vor. Nickend stimmte Frau Bach dem Vorschlag zu und sie tauschten die Handynummern aus. Eindringlich sah er sie an. »Bleiben Sie auf der Straße und im Licht der Laternen«, bat er.

Sie klopfte an ihre Hosentasche und lächelte. »Ich bin ein großes Mädchen und kann auf mich aufpassen. Für den Notfall habe ich außerdem Pfefferspray dabei.«

»Sollte etwas Unvorhergesehenes passieren, nehmen Sie die Beine in die Hand, rennen weg und informieren mich!«

Sie stand stramm und salutierte. »Jawohl, Chef.«

Bis zum Planetarium Fehlanzeige und auch unten an der Straßenbahn war niemand. Vielleicht machte sich Jens zu viele Sorgen und Herr Schwarz saß in der Bahn und war auf dem Weg nach Hause. Andererseits hatte der sich kaum auf den Beinen halten können. Lieber auf Nummer sicher gehen und einmal mehr nachsehen. Bloß wo? Das Handy vibrierte in seiner Hosentasche.

Ich habe ihn nicht gefunden. Soll ich zu Ihnen kommen?

Frau Bach hatte ausreichend geholfen und sollte ruhig wieder Feiern gehen. Um den Rest konnte er sich allein kümmern.

Nein, alles in Ordnung. Ich schaue mich ein wenig im Stadtpark um. Amüsieren Sie sich auf dem Fest.

Drei Schritte später bekam er eine Antwort.

Auf keinen Fall! Es war meine Schuld und ich helfe Ihnen. Treffen wir uns an dem Spielplatz in der Nähe der Minigolfbahn?

Von seinem Standort waren es höchstens fünf Minuten

dorthin. Der Weg war beleuchtet und Frau Bach würde nicht durch die Dunkelheit laufen müssen. Offen gestanden freute er sich über die Hilfe und nahm das Angebot an.

In Ordnung. Bis gleich.

Mit dem Licht hatte er sich verschätzt. Der Schein der Lampen reichte für den Weg aus, aber schon wenige Meter weiter konnte er kaum was erkennen. In den Gebüschen raschelte und knackte es und Kaninchen huschten durch die Dunkelheit. Fußgänger waren nicht zu sehen. Jens beschleunigte seine Schritte, allein im Park war es ihm etwas unheimlich. Keine gute Idee, sich am Spielplatz zu treffen, wie er sich eingestehen musste. Erleichtert atmete er auf, als die Klettergerüste in Sichtweite kamen. Frau Bach lief vor einer Parkbank auf und ab. Dann entdeckte sie ihn und eilte ihm entgegen.

»Endlich sind Sie da, Chef. Ich sag' ihnen, das ist hier ziemlich gruselig.« Dabei sah sie sich ein paar Mal schnell in der Gegend um.

»Und deswegen bringe ich Sie jetzt zur Feier zurück und suche danach allein weiter. Wenn ich ihn nicht finde …«

»Verständigen Sie die Polizei?«, beendete sie den unvollständigen Satz.

Jens zuckte mit den Achseln, weil er es nicht wusste. Es war eine warme Sommernacht und sollte Herr Schwarz im Freien schlafen, erfror er nicht. Passieren konnte trotzdem etwas und das ließ ihm keine Ruhe. »Das entscheide ich später. Ich möchte ihm die Peinlichkeit mit der Polizei ersparen. Vermutlich ist er auf dem Weg nach Hause.«

Frau Bach kaute auf ihrer Unterlippe herum und schüttelte seufzend den Kopf. »Wissen Sie was, ich helfe Ihnen. So toll ist die Party dann doch nicht.«

»Sind Sie sicher?«, fragte er unbeteiligt, obwohl er erleichtert war.

»Ja, ziehen wir los und finden das verlorene Schaf.«

Kurz diskutierten sie darüber, welchen Weg Herr Schwarz

genommen haben könnte. Möglich, dass er schnurstracks geradeaus losmarschiert war. Bei den Ententeichen wollten sie zuerst ihr Glück versuchen und verließen den befestigten Weg. Frau Bach lief mit gezücktem Handy neben ihm her und leuchtete ihnen.

Nach einer Minute fasste sich Jens ein Herz. »Was hat Sie vorhin abgelenkt?« Einen Teil der Antwort ahnte er, aber er hoffte auf weitere Informationen.

Sie kam kurz aus dem Tritt und warf ihm einen undeutbaren Blick zu. Rasch sah sie wieder nach vorn. »Herr Klein wollte etwas mit mir besprechen.«

Das half ihm leider nicht weiter, aber er hatte das Gefühl, dass er besser nicht nachbohren sollte. »Sie müssen es mir nicht verraten. Sollten Sie ihre Meinung ändern, können Sie sich jederzeit an mich wenden.« Hoffentlich empfand sie es nicht als lästig, weil er ständig das Angebot wiederholte. Zu etwas drängen wollte er sie nicht.

»Er …« Sie zögerte. Mit Schwung trat sie eine Pusteblume weg. »Er hat uns zusammen gesehen und hat mich auf die Gerüchte, die in Umlauf sind, angesprochen.«

»Aha.« Für Jens ergab das einen gewissen Sinn. Trotzdem war es seltsam, dass es den Vertriebsmenschen interessierte.

Frau Bach lachte leise. »Machen Sie sich auf abenteuerliche Geschichten gefasst. Wir haben zusammen getrunken und das Fest gemeinsam verlassen. Dass wir Ingo geholfen haben, wird niemanden interessieren. Auf das Geschwätz gebe ich aber nichts und habe kein Problem damit.«

Vollkommen überzeugt war er von der Behauptung nicht. Kam das dem Vorstand zu Ohren, konnte es Probleme geben. »Haben Sie eine Ahnung, wer hinter den Gerüchten steckt?«

»Ich habe einen Verdacht. Beweisen kann ich es aber nicht.« Bevor er etwas dazu sagen konnte, hob sie die Hand. »Ich gehe auf keinen Fall zur Jugend- und Auszubildendenvertretung. Sollte ich meine Meinung ändern und Hilfe benötigen, wende ich mich an Sie. Versprochen!«

Das war ein Anfang und besser als nichts, dachte Jens. Inzwischen kamen die Ententeiche in Sichtweite und sie blieben stehen. Suchend sah er sich um. Abgesehen von den schlafenden Enten auf dem Wasser war keine Menschenseele zu entdecken.

»Da ist etwas«, rief Frau Bach plötzlich. Mit ausgestrecktem Arm deutete sie auf eine Trauerweide, die am Ufer wuchs. Jens kniff die Augen zusammen und konzentrierte sich auf die Stelle. In der Dunkelheit sah er nur verschwommene Umrisse.

»Tut mir leid, aber ich kann da nichts erkennen.«

»Da sitzt jemand. Das ist sicher Ingo«, sagte sie erleichtert. Sie steckte das Handy in die Hosentasche und rannte ohne zu zögern los.

Jens trabte ihr hinterher. Hoffentlich war es kein Obdachloser, der dort sein Lager aufgeschlagen hatte, den sie störten. Vergeblich versuchte er, Anschluss zu halten. Bei dem Tempo, was sie vorlegte, vergrößerte sich der Abstand zwischen ihnen stetig. Es war frustrierend, mit welcher Leichtigkeit sie ihn abhängte. Wenige Meter von der Trauerweide entfernt musste er kurz Pause machen und verschnaufen. Von dort konnte er die Gestalt, die am Baum lehnte, erkennen: Es war Herr Schwarz. Endlich hatten sie ihn gefunden.

»Wir haben dich überall gesucht«, rief Frau Bach erleichtert und packte den Betrunkenen am Arm. »Du kannst nicht hierbleiben. Steh auf!« Herr Schwarz kippte aus heiterem Himmel nach rechts um. Sie beugte sich vor und rüttelte an seiner Schulter. Mitten in der Bewegung hielt sie inne und sah zu Jens.

»Etwas stimmt nicht mit ihm ...«

Er eilte zu ihr. »Was ist los?«

»Ich weiß es nicht«, murmelte sie verunsichert. »Etwas ist nass und klebrig.«

Jens kramte das Handy aus seiner Tasche und machte Licht. Frau Bach stieß einen entsetzten Schrei aus und starrte auf ihre Hände. Blut klebte an den Fingern. Viel Blut. Er änderte den Winkel des Lichts und leuchtete zu Herrn Schwarz. Der lag auf der Seite und bewegte sich nicht. Die linke Hälfte des Kopfes war blutüberströmt und die Schläfe eingedrückt.

»Ist er tot?«, stammelte Frau Bach.

Jens antwortete nicht, ging aber vom Schlimmsten aus. Er wählte den Notruf und schilderte dem Mann am anderen Ende die Situation und ihren Standort. Ruhig lauschte er den Anweisungen.

»Bitte überprüfen Sie Puls und Atmung.«

Frau Bach war leider keine Unterstützung. Bleich wie die Wand und zur Salzsäule erstarrt, rührte sie sich nicht. Jens wusste, was er zu tun hatte. Als Notfallhelfer erhielt er in der Glückauf Bank jedes Jahr einen Auffrischungskurs in Erster Hilfe. Zuerst überprüfte er den Puls. Fehlanzeige. Hatte er die richtige Stelle getroffen? Ja, beim zweiten Versuch, das gleiche Ergebnis. Danach kontrollierte er die Atmung: Herr Schwarz atmete nicht, aber die Atemwege waren frei. Ruhig und besonnen legte Jens das Handy beiseite und stellte es auf laut.

»Ich kann keine Lebenszeichen feststellen und beginne mit der Reanimation.«

»Abwechselnd dreißig Mal drücken und zwei Mal beatmen. Damit machen Sie weiter, bis der Krankenwagen da ist. Die Kollegen sind auf dem Weg zu Ihnen«, kam die Anweisung.

Mechanisch wie ein Roboter setzte Jens die Anweisungen um und konzentrierte sich voll und ganz auf seine Aufgabe. Was um ihn herum passierte, bekam er nicht mit. Dreißig Mal drücken, zwei Mal beatmen und von vorn. Nach wenigen Wiederholungen trat ihm der Schweiß auf die Stirn und die Arme fingen an zu schmerzen. Mit zusammengebissenen Zähnen machte er weiter und verlor dabei jegliches Zeitgefühl. Später löste ihn ein Sanitäter ab. Langsam stand Jens auf und ging beiseite. Beim Krankenwagen reichte man ihm feuchte Tücher und er wischte sich das Blut von den Händen.

Im Schein des Blaulichts beobachtete er, wie der Notarzt

versuchte, Herrn Schwarz mit dem Defibrillator wiederzubeleben. Er hatte das ungute Gefühl, dass jede Hilfe zu spät kam. Sein Blick wanderte zu Frau Bach. Sie hockte im Gras und hatte den Kopf zwischen die Knie gesteckt. Eine Sanitäterin saß neben ihr und hatte den Arm um ihre Schultern gelegt.

Nach einer Weile gab der Notarzt die Bemühungen auf. Der reglose Körper wurde auf eine Krankentrage gehoben und mit einem Tuch abgedeckt. Inzwischen war ein Streifenwagen der Polizei eingetroffen und zwei Beamte näherten sich der Unfallstelle. Die beiden wechselten ein paar kurze Worte mit den Sanitätern. Der junge Mann ging zu Frau Bach und die Polizistin, kam zu Jens. Sie hatte rotblondes halblanges Haar, auffallend grüne Augen und zahlreiche Sommersprossen im Gesicht. Trotz der tragischen Umstände lächelte sie ihn freundlich an.

»Kommissarin Motz, bitte erzählen Sie mir, was passiert ist.«

»Wir waren auf der Feier der Glückauf Bank. Herr Schwarz war stark betrunken und ist plötzlich verschwunden, als wir ihm ein Taxi holen wollten …«

»Sie kannten das Opfer näher oder waren mit ihm befreundet?«

»Wir sind … waren Arbeitskollegen, privat gab es keinen Kontakt.« Peu à peu erzählte er, was passiert war und wie sie ihn gefunden hatten. Den Grund für den Vollrausch deutete er nur in einem Nebensatz an. Falls die Polizei weitere Informationen benötigte, musste sie bei der Bank nachfragen. Er würde keine unbewiesenen Behauptungen verbreiten. Die Kommissarin machte sich eifrig Notizen und stellte die eine oder andere Frage. Alles Routine, wie sie ihm versicherte. Seine Gedanken wanderten automatisch zu Herrn Schwarz' Familie und er fragte sich, wie es mit Ihnen weiterging.

»… Der Notarzt geht von einem tragischen Unfall aus«, holte ihn die angenehme Stimme der Beamtin in die Gegenwart zurück. »Der Verunglückte war stark alkoholisiert.

Wahrscheinlich ist er ausgerutscht und dabei unglücklich gestürzt. Wissen Sie, was er hier wollte?«

»Ich weiß es nicht, aber Herr Schwarz war aufgeregt, weil es auf dem Fest einen heftigen Streit gab.«

»Worum ging es dabei? Hatte er berufliche Probleme?«, hakte die Kommissarin nach.

Während er überlegte, wie er die Antwort formulieren konnte, ohne dass ein falscher Eindruck entstand, kam ihr junger Kollege zu ihnen.

»Es könnte ein Selbstmord gewesen sein«, sagte der. »Frau Bach hat mir erzählt, dass es auf der Arbeit Probleme gab. Der Tote stand kurz vor der Kündigung und hatte anscheinend Geldprobleme. Vielleicht hat ihn der Alkohol dazu betrieben und er wollte ins Wasser gehen?«

Die Kommissarin sah Jens kopfschüttelnd an. »Warum haben Sie mir das verschwiegen?«

»Ich wollte es gerade erzählen«, rechtfertigte er sich. »Ja, der Kollege hatte Probleme und er hatte Frau und Kinder.«

»Wie gut kannten Sie das Opfer?«, bohrte der Polizist nach.

»Wir haben ein paar Wochen zusammengearbeitet. Er war als Springer in meiner Geschäftsstelle eingesetzt und hat ausgeholfen.«

Der Beamte behielt ihn wie beim Verhör im Blick. »Mehr war da nicht?«

Jens schüttelte den Kopf und warf einen Blick zu Frau Bach, die mittlerweile bei ihnen stand. Sie war blass und die Augen waren vom Weinen geschwollen.

»Vielen Dank für die Informationen«, meldete sich die Kommissarin zu Wort. »Ihre Kontaktdaten haben wir und werden uns gegebenenfalls mit Ihnen in Verbindung setzen. Schaffen sie es allein nach Hause oder sollen wir sie fahren?«

Die Frage war an sie beide gerichtet. Jens würde sich nicht von einem Polizeiwagen chauffieren lassen. Die Nachbarn waren ohnehin zu neugierig und er wollte unnötige

Aufmerksamkeit vermeiden. »Nein Danke, ich laufe nach Hause.«

Frau Bach schüttelte, zu seiner Überraschung, ebenfalls den Kopf. »Ich nehme den Nachtexpress. Lehrjahre sind keine Herrenjahre.«

Kommissarin Motz klatschte gut gelaunt in die Hände. »Sehr gut, dann ist alles geregelt und wir lassen Sie jetzt allein.« Aus ihrer Uniform zog sie eine Visitenkarte und reichte sie Jens. »Wenn Ihnen im Nachhinein etwas einfallen sollte, rufen Sie mich bitte an. Auf der Rückseite steht meine private Nummer.«

Er holte seine Geldbörse raus und steckte die Karte weg. Skeptisch musterte er Frau Bach. Nein, die öffentlichen Verkehrsmittel waren eine schlechte Idee. Kurzerhand griff er einen 50-Euro-Schein und hielt ihn ihr hin. »Nehmen Sie das Geld und fahren mit dem Taxi.«

Abwehrend hob sie die Hände. »Lassen Sie mal stecken, Chef. So weit ist es nicht bis zu meiner Wohnung. Ich wohne direkt beim Arbeitsamt an der Unistraße. Im Zweifel kann ich das kurze Stück zu Fuß gehen …«

»Oh nein, das werden Sie nicht!«, unterbrach er sie entschieden. In ihrem Zustand ließ er sie auf keinen Fall allein durch die Nacht laufen. »Wäre es Ihnen recht, wenn ich Sie ein Stück begleite? Nach dem Schrecken könnte ich ein wenig Gesellschaft gebrauchen.«

Das stimmte nicht. Die Notlüge kaufte sie ihm genauso wenig ab, aber zumindest lächelte sie ein wenig. Letztlich nickte sie. Schweigend gingen sie zur Hauptstraße und machten sich auf den Weg. Jens wusste nicht, ob er das Erlebte ansprechen sollte. Ihn hatte es weniger erschüttert als erwartet. So eine Abgeklärtheit hatte er sich nicht zugetraut. Reden ist Silber und Schweigen ist Gold, entschied er und hielt sich zurück. Später kamen sie zum Nordring und bogen nach links Richtung Hauptbahnhof ab.

»Ich war vor Schreck wie gelähmt und wusste nicht, was

ich tun sollte«, platzte Frau Bach mit einem Mal heraus. »Alles, was ich im Erste-Hilfe-Kurs gelernt habe, war weg.«

»Machen Sie sich bitte keine Vorwürfe. Jeder reagiert in extremen Situationen anders. Sie hätten mir später geholfen. Da bin ich mir sicher«, versuchte Jens sie zu trösten.

»Na, ich weiß nicht«, murmelte sie. »Sie waren beeindruckend. Routiniert beherrscht und ohne zu zögern. Ihre Ruhe hätte ich gerne, Chef.«

»Ich habe ohne nachzudenken gehandelt. Es dauert sicher, bis ich realisiert habe, was passiert ist. Ich weiß es nicht ...« Im Augenblick dachte er mehr über die Behauptung des Polizisten nach, dass es Selbstmord gewesen sein könnte. Das kam ihm weit hergeholt vor.

»So wütend wie Ingo war, kann ich mir Selbstmord nicht vorstellen«, sprach Frau Bach seine Zweifel laut aus. »Die Personalabteilung ist ihm übel auf die Pelle gerückt, wie ich es im Zahlungsverkehr mitbekommen habe. Er sollte gestehen und man würde auf eine Anzeige verzichten. Das wollte er aber nicht und hat seine Unschuld beteuert ...«

»Für die Familie wäre ein Unfall besser«, grübelte Jens laut nach.

»Spinnen Sie, Chef?«

Frau Bach sah ihn entsetzt an und er erklärte es hastig. »Bei Selbstmord bezahlen Versicherungen im Todesfall nicht. Und wie ich gehört habe, werden sie das Geld dringend brauchen.« Warum ihm ausgerechnet das als Erstes in den Sinn gekommen war, konnte er sich nicht erklären.

Ein trauriger Schatten huschte über ihr Gesicht. »Und Janina hat ihn nicht einmal verlassen. In der Abteilung waren sich alle sicher und haben darüber gelästert. Sogar in seiner Gegenwart. Er hat das aber nie kommentiert.«

Sehr wahrscheinlich ein tragischer Unfall, weil Herr Schwarz so betrunken war. Den Gedanken sprach Jens nicht laut aus. Frau Bach sollte sich deswegen auf keinen Fall Vorwürfe machen. Das restliche Stück zur Unistraße legten sie schweigend zurück. Bei der Verabschiedung an der

Wohnungstür zwinkerte sie ihm mit einem schiefen Lächeln zu.

»Und rufen Sie sie an?«

»Wen anrufen?«

»Na, die nette Kommissarin«, sagte Frau Bach und rollte übertrieben mit den Augen. Überrascht sah er sie an. Warum sollte er das tun? Er hatte alles zu Protokoll gegeben, was er wusste.

»Die hübsche Polizistin hofft auf Ihren Anruf, Chef.«

»Blödsinn«, widersprach er sofort. »Dafür gibt es keinen Grund.«

»Doch, sie hat ein Auge auf Sie geworfen.«

»Bei dem Verhör an der Unfallstelle?«, fragte er fassungslos. Davon hatte er nichts mitbekommen und konnte es sich nicht vorstellen.

Frau Bach zuckte mit den Achseln. »Sie hat die Gelegenheit beim Schopfe gepackt.«

Ratlos starrte Jens auf die Straße. Seine letzte Beziehung, wenn man das so nennen konnte, war etliche Jahre her. Sie ging mit ihm in die gleiche Berufsschulklasse und machte die Ausbildung bei einer Volksbank. Auf einer Karnevalsfeier kamen sie sich näher. Nach wenigen Wochen beendete sie es, was eindeutig seine Schuld war. Emotionen zu zeigen fiel ihm unglaublich schwer. Er hielt immer einen Sicherheitsabstand. Bloß niemanden zu nah an sich heranlassen. Die weiblichen Kontakte in den Jahren danach konnte er an einer Hand abzählen.

»Ich kann es mir trotzdem nicht vorstellen«, murmelte er.

»Kann es sein, dass Ihre zwischenmenschlichen Antennen leicht eingerostet sind?«, zog ihn Frau Bach auf. »Rufen Sie an und laden Sie die Kommissarin auf einen Kaffee ein. Mit ein bisschen Glück bringt sie ihre Handschellen mit.«

»Gute Nacht, Frau Bach«, wünschte er ihr.

Sie konnte sich ein Grinsen nicht verkneifen. »Nacht, Chef.«

Nachdem sie im Haus verschwunden war, machte sich

Jens auf den Weg Richtung U35. Von der Lauferei taten ihm die Füße weh und er wollte in sein warmes Bett und den ganzen Abend vergessen. Frau Bachs schnelle Stimmungswechsel überraschten ihn jedes Mal von Neuem. Spielte sie das, oder konnte sie alles Negative mühelos verdrängen?

11

Svenja schlich die Treppen in die dritte Etage hoch. Bei dem Gedanken, allein in der dunklen Wohnung zu sein, lief ihr ein Schauer über den Rücken. Das Gespräch mit dem Chef hatte sie nur kurz von dem schrecklichen Erlebnis abgelenkt. Im Verdrängen und Überspielen war sie eine Meisterin, aber das war sogar für sie schwer zu verpacken. Immer wieder tauchten die Bilder von dem vielen Blut auf. Krampfhaft dachte sie an etwas Schönes und schloss die Tür auf. Mit zwei Schritten durchquerte sie den Flur, der in den Wohn-Essraum führte, und schaltete das Licht an. In der winzigen Küche schüttete sie sich ein Glas Wasser ein. Mit geschlossenen Augen lehnte sie sich an die Anrichte.

Svenja machte sich schreckliche Vorwürfe: Warum zum Teufel war sie nicht bei Ingo geblieben. Schlagartig hatte sie einen dicken Kloß im Hals und brach in Tränen aus. Hilflos biss sie sich fest auf die Unterlippe, aber der Schmerz halft nicht. Sie heulte Rotz und Wasser. Wütend fuhr sie sich mit dem Ärmel durchs Gesicht. Am besten schmiss sie die Ausbildung und zog weit weg von dem allen hier und machte einen Neuanfang.

Nur wollte sie das nicht. Hier in Bochum fühlte sie sich wohl. Langsam schloss sie Bekanntschaften und in der

Glückauf Bank lief es nach dem Wechsel besser. Auf den Chef konnte sie sich einhundert prozentig verlassen. Mit seiner Art mochte er auf den ersten Blick komisch wirken, aber er hatte ein gutes Herz. Unwillkürlich dachte sie an die Kommissarin. Eine Verabredung würde Herrn Hader nicht schaden und wer sollte ihm auf die Sprünge helfen, wenn nicht sie? Unattraktiv war er nicht. Ein neuer Haarschnitt und modernere Outfits würden ein Wunder bewirken. Auf jeden Fall musste er sich abgewöhnen, die Hosen bis in die Achseln zu ziehen. Irgendwann ergab sich die Gelegenheit und sie konnte ihn in die richtige Richtung schubsen. Und bis dahin …

Die Klingel unterbrach ihre Gedanken und sie zuckte zusammen. Stirnrunzelnd ging sie zur Tür. Aus der Gegensprechanlage drangen nur schlecht verstehbare Laute. Das verfluchte Ding zickte seit Monaten herum, aber das Wohnungsunternehmen kümmerte sich nicht darum. Das war der Preis, wenn man in einer günstigen Sozialwohnung lebte.

»Was haben Sie vergessen, Chef?« Die Antwort war ein unerträgliches Pfeifen und Kreischen. Unmöglich etwas zu verstehen und sie betätigte den Öffner. »Dritte Etage rechts«, rief sie.

Die Tür ließ sie angelehnt und ging wieder in die winzige Küche. Aus dem Kühlschrank holte sie die angebrochene Flasche mit dem billigen Aldi-Rum und eine Cola. Sie hatte sich einen kräftigen Schluck verdient. Für Herrn Schwarz bereitete sie ein zweites Glas vor. Als sie mit der Mischung fertig war, hörte sie, wie die Wohnungstür leise ins Schloss fiel.

»Nehmen Sie in meinem geräumigen Wohnzimmer Platz und machen Sie es sich gemütlich. Ich komme sofort, Chef.«

Sie drehte sich um und blieb, wie vom Donner gerührt, stehen. Es war nicht Herr Hader, der im Raum stand und sich interessiert umsah. »Du hast hier nichts zu suchen. Verschwinde auf der Stelle!«, fuhr sie ihn an. Der hatte Nerven, mitten in der Nacht aufzutauchen.

»Freust du dich nicht, mich zu sehen?«, fragte der Besucher und kam näher.

Das wütende Funkeln in seinen Augen war ihr nicht geheuer. Sie wich einen Schritt zurück und suchte hastig nach etwas, womit sie ihn sich vom Leib halten konnte. Er durchschaute sie mühelos. Blitzschnell sprang er vor und packte ihren Oberarm. Schmerzhaft bohrten sich die Finger in ihren Bizeps. Die Gläser landeten klirrend auf dem Boden.

»Loslassen!« Sie schlug um sich und versuchte sich zu befreien. Die Bemühungen brachten ihr eine heftige Ohrfeige ein. Die Wange brannte wie Feuer und ihr war schwindelig. Sie kämpfte gegen den Drang zu weinen an und biss sich auf die Lippe.

»Nicht, bevor ich ein paar Antworten habe«, zischte er. »Hast du mit jemandem geredet?«

Als sie nicht sofort antwortete, hob er die Hand drohend zum Schlag. Svenja duckte sich unwillkürlich. »Nein, habe ich nicht.«

»Was läuft da mit dem Hader?«

»Nichts! Ich schwöre es«, beteuerte sie.

»Lügt mich nicht an«, knurrte er und schüttelte sie kräftig. Mit der geballten Faust deutete er auf die Gläser am Boden. »Und wie nennst du das? Machst du dem Nächsten schöne Augen?«

Zum ersten Mal regte sich leichter Widerstand in ihr. Trotzig sah sie ihn an. »Und selbst wenn, würde es dich nichts angehen.«

Mit wutverzerrtem Gesicht beugte er sich blitzschnell vor. Svenja zuckte zurück und verlor das Gleichgewicht. Hilflos taumelte sie zurück. Im selben Augenblick ließ er ihren Arm los und sie knallte rücklings gegen den Türrahmen. Gehässig lachte er. »Das entscheide immer noch ich. Rede gefälligst!«

Sie reagierte nicht schnell genug und er schlug zu. Der linke Arm war sofort taub und ein dumpfer Schmerz bereitete sich langsam aus. Er hob drohend die Faust.

»Leck mich ...«

Der nächste Schlag traf die andere Seite. Wimmernd sank Svenja am Türrahmen zu Boden. »Wir haben nur mit einem Cocktail angestoßen. Ich schwöre es!«

»Lass dir nicht alle Würmer aus der Nase ziehen«, polterte er los. »Was ist danach passiert?«

»Ich habe ihn mit Ingo aus der Zahlungsverkehrsabteilung gesehen. Der war stockbesoffen und wir haben ihn gemeinsam nach draußen gebracht. Dann ...«

»Was ist mit dem Säufer?«, unterbrach er sie ungeduldig.

Bei der Erinnerung an den blutüberströmten Kopf konnte sie die Tränen nicht länger unterdrücken. »Er ist tot«, murmelte sie leise.

»Geschieht dem Versager recht. So bleibt ihm wenigstens der Rausschmiss erspart.«

Sie konnte nicht fassen, was sie da hörte. Heiße Wut kochte in ihr hoch. »Du bist ein herzloser Mistkerl«, fuhr sie ihn an. Er beugte sich zu ihr herunter und sie erstarrte unter dem eiskalten berechnenden Blick. Mit dem Kopf nickte er zu den Scherben.

»Und warum die Gläser?«

»Herr Hader hat mich nach Hause gebracht. Ich dachte, er hätte etwas vergessen«, erklärte sie hastig.

»So, so«, sagte er mit gefährlich leiser Stimme. »Auf dem Rückweg habt ihr nicht zufällig über mich geredet?«

Bei der Drohung, die in seinen Worten mitschwang, bekam sie eine Gänsehaut »Nein, kein einziges Wort«, versicherte sie hastig.

Schweigend stand er vor ihr und sah auf sie herab. Er knetete die Fäuste und ließ dabei die Knöchel ekelhaft knacken. Svenja war auf der Hut und achtete genaustens auf seine Bewegungen. Das taube Gefühl aus den Armen war verschwunden. Dieses Mal wollte sie sich wehren.

»Kann ich dir glauben?«

»Das ist mir egal. Die Zweigstelle ist geschlossen und ich werde versetzt. Es besteht kein Grund zur Sorge.«

Der Tritt in die Rippen traf sie unvorbereitet. Stöhnend

kippte sie zur Seite und rappelte sich mühsam auf. »Du verdammter Scheißkerl.«

Grob zerrte er sie am Arm auf die Beine und schubste sie brutal durch den Raum. Stolpernd knallte sie gegen das Kopfteil des Bettes und sah Sterne. Dann war er bei ihr und riss sie an den Haaren. Jaulend schrie sie auf und hob abwehrend die Hände. »Das musst du nicht tun, ich habe dich verstanden.«

Seine Miene drückte fast so etwas wie Bedauern aus, als er den Kopf schüttelte. Der erste Fausthieb traf sie am linken Auge. Benommen ging sie zu Boden und hielt sich die Arme vors Gesicht.

12

Mit verschränkten Armen hinter dem Nacken, saß Jens an seinem Schreibtisch. Es war Montagmorgen, 9:00 Uhr und in der Filiale gab es nichts zu tun. Das Telefon blieb ununterbrochen stumm und er wartete darauf, dass etwas passierte. Er setzte sich aufrecht hin und legte die Finger auf die Tastatur. Sollte er Frau Bach eine E-Mail schreiben oder es besser sein lassen? Automatisch wanderte sein Blick zu dem Handy, das, entgegen seiner Gewohnheit, offen neben ihm lag. Am Samstag hatte er ihr eine Nachricht geschickt und sich nach ihrem Befinden erkundigt, weil er wissen wollte, wie es ihr ging. Eine Antwort bekam er nicht und er grübelte das gesamte Wochenende über den Grund nach. Eine neue und unangenehme Erfahrung für ihn. War er ihr unter Umständen zu nahegetreten? Zum einhundertsten Mal nahm er das Handy in die Hand und las den verschickten Text. An der Formulierung gab es nichts auszusetzen und gelesen hatte Frau Bach die Nachricht. Hoffentlich machte sie sich keine Vorwürfe, weil sie Herrn Schwarz aus den Augen gelassen hatte. Der tragische Unfall hatte ihn nicht kaltgelassen, trotzdem blieb er dabei rational. Das Unglück war geschehen und ließ sich nicht rückgängig machen. Am Wochenende hatte er aufmerksam die Lokalzeitungen studiert, aber der Unfall im Stadtpark wurde mit keinem Wort erwähnt.

Die Entscheidung, Frau Bach eine E-Mail zu schreiben, vertagte er auf später. Ihm war langweilig und er schlug die Zeit mit sinnlosen Beschäftigungsmaßnahmen tot. Um halb zehn klingelte das Telefon. Die Kollegen aus der Hauptkasse kündigten ihren Besuch an. Zeitgleich sollte eine externe Firma den automatischen Kassentresor und die Elektronik abbauen. Kassenordner, Vertragsdurchschriften und was sich in den Schränken angesammelt hatte blieben vorerst hier. Über alles andere würde er zeitig informiert werden.

Jens hing ein wenig in der Luft. Seit dem unangenehmen Termin in der Hauptstelle hatte er nichts mehr von der Personalabteilung gehört. Obwohl so großer Personalmangel herrschte, saß er hier untätig herum und drehte Däumchen. Er griff zum Telefonhörer, hielt dann inne und überlegte es sich anders. Nein, er würde nicht nachfragen, sondern auf weitere Anweisungen warten. Auch wenn es langweilig war, das wollte er jetzt aussitzen.

Frau Bachs fehlende Reaktion hingegen ließ ihm keine Ruhe und seine Gedanken schweiften zu ihr ab. Seufzend gab er sich einen Ruck und schrieb ihr eine sorgfältig formulierte E-Mail. Nachdem er sie ein halbes Dutzend Mal korrigiert hatte, war er mit dem Ergebnis zufrieden und drückte auf ›senden‹. Danach gab es erst einmal nichts zu tun. Mit zunehmender Langeweile wurde er hungriger. Für einen Döner war es zu früh und offen gestanden wollte er nicht zu dem Imbiss. Herr Yilmaz hatte seine Nasen und Ohren überall und war zudem sehr neugierig. Stattdessen holte er sich beim Metzger um die Ecke ein Leberkäse- und ein Frikadellenbrötchen zum Mitnehmen. Da die Zweigstelle geschlossen war, konnte er genauso gut dort essen.

Mit dem Brötchen in der Hand hielt er seinen Posteingang und das Handy genau im Blick. Sollte Frau Bach reagieren, sah er es sofort. Leider gab es kein Lebenszeichen von ihr. Kurzerhand entschied er sich, sie anzurufen. Im internen

Telefonbuch stand die alte Nummer der Geschäftsstelle, aber das Sekretariat im Zahlungsverkehr konnte sicher weiterhelfen. Das Telefonat dauerte nicht lange: Frau Bach war heute nicht zum Dienst erschienen. Den Grund für die Abwesenheit und wann sie zurückkam, wusste man nicht. Stattdessen verwies ihn die Kollegin an die Personalabteilung, von der sie die Information erhalten hatten. Kurz zögerte er, aber dann suchte er die Nummer des Auszubildendenbetreuers heraus und rief dort an. Er musste wissen, ob es Frau Bach gut ging. Sollten die Kollegen ihn ruhig für neugierig oder überängstlich halten. Kaum hatte er die Frage gestellt, wurde er an den Personalchef weiter verbunden.

»Hallo, Herr Hader. Wie geht es Ihnen?«, meldete sich Ralf. »Sie machen sich Sorgen um Frau Bach?«

»Nachdem sie heute nicht zum Dienst erschienen ist, wollte ich wissen, ob es ihr gut geht.«

»Das kann ich gut nachvollziehen. Der Unfall war für alle ein ziemlicher Schock. Ich bin neugierig: Wie haben Sie Herrn Schwarz entdeckt?«

Jens hatte so eine Frage befürchtet und veränderte den Verlauf der Dinge ein wenig. »Ich habe ein Taxi bestellt und ihn aus den Augen verloren. In dem betrunkenen Zustand wollte ich ihn nicht allein herumirren lassen. Frau Bach hat mir bei der Suche geholfen.«

»Leider haben Sie ihn nicht rechtzeitig gefunden und von seinem Vorhaben abhalten können.«

Jens horchte auf. »Wovon redest du bitte?«

»Dem Selbstmord. Ich darf keine Einzelheiten verraten, aber für die Polizei ist der Fall eindeutig. Er hat sich umgebracht.«

»Wie bitte?«, entfuhr es ihm perplex.

»Ja, es wurde eine Nachricht auf seinem Handy gefunden. Aber Sie wollten wissen, wie es Frau Bach geht. Die Kollegin ist krankgeschrieben.«

»Was ist mit ihr?«, hakte Jens besorgt nach.

»Nichts Dramatisches. Wir haben sie zum Arzt geschickt.

Für den Rest der Woche ist sie von der Arbeit freigestellt, damit sie sich in Ruhe erholen kann. Leider habe ich keine Zeit mehr: Der Vorstand erwartet mich. Sollte noch etwas sein, melden Sie sich bitte bei meiner Assistentin.« Danach legte Ralf sofort auf.

Positiv überrascht sah Jens auf das Telefon. So freundlich und nachsichtig kannte er Ralf nicht. Krankschreibungen, insbesondere von den Auszubildenden, wurden kritisch hinterfragt. Schön, dass in dem Fall eine Ausnahme gemacht wurde. Es ging ihr gut und er brauchte sich keine Sorgen zu machen. Sicher meldete sie sich nach ihrem Arztbesuch.

In der Zwischenzeit aufs Handy starren beschleunigte es nicht und er musste sich beschäftigen. Sein Blick blieb am Schreibtisch hängen und er überlegte aufzuräumen. Nein, so langweilig war ihm dann doch nicht. Stattdessen holte er das Dienst-iPad, für die Beratungsgespräche heraus, und las Lokalnachrichten. Lange hielt die Ablenkung nicht an: immer wieder wanderte sein Blick zum Handy.

Hallo Frau Bach,

Herr Schreiber hat mir erzählt, dass Sie zum Arzt sind. Kann ich Ihnen helfen?

Viele Grüße

Jens Hader

Kaum hatte er den Text verschickt, ärgerte er sich über die blöde Formulierung und dass er es gemacht hatte. Er kam sich wie ein aufdringlicher und überfürsorglicher alter Sack vor, der eine junge Frau belästigte. Hoffentlich ging er ihr damit nicht auf die Nerven. Angestrengt starrte er auf das Handy in seiner Hand und wartete auf eine Reaktion. Innerhalb weniger Sekunden war die Nachricht als gelesen markiert. Gespannt hielt er den Atem an. Seine Hoffnungen auf eine Antwort lösten sich, nach zehn Minuten Ausharren, endgültig in Luft aus. Frustriert gab er auf. Frau Bach wollte nicht mit ihm reden und er musste es akzeptieren.

Trotz des mehr als üppigen Frühstücks grummelte sein Magen gegen elf Uhr wieder. Dieses Mal bekam er Heißhunger auf ungesunde Sachen. Die landeten direkt auf seinen Hüften, wenn er sie nur schief ansah. Der Waschbrettbauch, den er vor zwanzig Jahren gehabt hatte, war mit der Zeit zu einem Waschbärbauch mutiert. Trotzdem wurde er jedes Mal bei Stress wieder schwach. Mit ein bisschen Glück gab es im Pausenraum ein paar Süßigkeiten.

Prompt läutete das Telefon. Es war eine Nummer aus der Revision und ihm fiel siedend heiß die angekündigte Kassenprüfung ein. Jetzt, wo die Zweigstelle geschlossen war, hatte sich das Thema hoffentlich erledigt.

»Bachmann, Revision.«

»Guten Morgen, Herr Bachmann. Sie rufen an, um die Prüfung abzusagen?«

»Nein«, klang es aus dem Hörer. »Alles, was ich benötige, ist vor Ort. Es gibt keinen Grund, den Termin ausfallen zu lassen. Ich komme mit den Kollegen von der Hauptkasse. Wir sehen uns dann nachher um halb zwei.«

Genervt legte Jens auf. Warum ließ man ihn nicht in Ruhe und bestand auf die überflüssige Prüfung? In seinen Augen war das reine Schikane. Auf ein ›Verhör‹ mit dem Kollegen hatte er keine Lust. In der Vergangenheit hatte Herr Maas das zweifelhafte Vergnügen, mit dem Revisor gehabt. Die beiden hatten sich jedes Mal in die Köpfe bekommen und die Situation war eskaliert. Jetzt erwischte es ihn. Vor dem Termin benötigte er etwas Stärkeres als Süßigkeiten. Der Drang nach einem Döner war übermächtig. Kurzerhand machte er sich auf den Weg dorthin. Trotz Mittagszeit war er der einzige Kunde.

»Hallo Herr Direktor, lange nicht gesehen«, scherzte Herr Yilmaz zur Begrüßung. »Das Fleisch braucht noch ein paar Minuten. Sie können gerne warten und mir in der Zwischenzeit Gesellschaft leisten. Was möchten Sie trinken?«

»Ich nehme ein Helles«, entschied Jens, obwohl es für ein Bier an sich zur früh war. Das normale Fiege war ihm zu herb, aber der Imbiss hatte alle Sorten der Privatbrauerei im

Kühlschrank. Außerdem wirkte Hopfen beruhigend und er hatte das jetzt nötig.

Der junge Mann nickte zufrieden. »Als Draufgänger gefallen Sie mir besser.«

»Ich ...«

Herr Yilmaz winkte ab. »Sie müssen sich nicht rechtfertigen. Ich könnte Ihren Job nicht machen. Jeden Tag im Anzug und immer aufpassen, was man zu den Kunden sagt. Wissen Sie inzwischen, wie es bei Ihnen weitergeht?«

Jens nahm einen großen Schluck Bier und genoss das kalte prickelnde Gefühl und das leicht herbe Aroma im Mund. »Ich sitze auf der Ersatzbank und warte auf meinen Einsatz. Dann schauen wir mal weiter.«

»Haben Sie gehört, was mit dem Ingo passiert ist?«

Unwillkürlich zuckte er bei der Frage zusammen. Erschreckend, wie schnell sich Unglücksnachrichten verbreiteten. Hoffentlich versuchte Herr Yilmaz, ihn nicht auszuquetschen.

»Ja, eine Tragödie. Ich will mir gar nicht vorstellen, wie es der Frau und den Kindern geht.«

»Janina ist am Boden zerstört und völlig überfordert mit der Situation. Die Familie steht vor dem Ruin«, verkündete Herr Yilmaz.

Jens verschluckte sich und prustete das Bier aus. Keuchend schnappte er nach Luft und wischte sich den Mund ab. »Warum?«

»Der Ingo hat Janina in der Nacht eine Nachricht geschickt. Er hat den Diebstahl gestanden und wolle sich umbringen. Ihm wurde fristlos gekündigt und die Bank will die Kredite für die Wohnung kündigen. Die Arme wusste von nichts und ist aus allen Wolken gefallen.«

»Sind Sie sich sicher?«, fragte Jens vorsichtig nach.

»Ich habe die Informationen aus erster Hand. Das schwöre ich. Nach der Geschichte mit Ankes angeblichen Auszug passe ich besser auf. Sie erinnern sich, Herr Direktor? Sie ist auf Kur und irgendjemand hat dieses dumme Gerücht in die

Welt gesetzt. Der Ingo hat niemals Selbstmord begangen. Dafür war er nicht der Typ.«

»Was ist mit den Diebstählen?«, murmelte Jens nachdenklich.

»Die Frau Winter überspielt es und streitet es ab, wenn man sie drauf anspricht, aber sie ist tüddelig und vergisst vieles. Demenz oder Alzheimer, wenn Sie mich fragen«, sprang Herr Yilmaz sofort darauf an. »Sie sind der Banker, können Sie nicht im Computer nachsehen und mehr herausfinden? Janina und die Kinder brauchen dringend Hilfe.«

»Ich schaue es mir an, aber versprechen kann ich nichts«, antwortete er unverbindlich. Ein Blick konnte nicht schaden, nur war fraglich, ob es etwas brachte. Die Personalabteilung sprach fristlose Kündigungen nicht leichtfertig aus, weil so etwas leicht vor dem Arbeitsgericht landen konnte. Normalerweise gab es in den Fällen eindeutige Beweise.

Jens schob den Teller weg. Der Hunger war ihm gehörig vergangen. »Bitte packen Sie den Döner für später ein.«

Zum Abschied lächelte ihn der junge Mann freundlich an. »Sie sind einer der Guten, Herr Direktor.«

13

Eilig machte Jens sich auf den Rückweg. Er fühlte sich nicht wie einer von den Guten, aber ja, er konnte nachsehen und etwas herausfinden. Und genau das hatte er vor. Die Tüte mit dem Döner warf er achtlos auf den Schreibtisch und durchwühlte hektisch die Schubladen. In der untersten, vergraben zwischen den Formularen, wurde er fündig. Erleichtert atmete er auf. Ein Glück, dass er in dem ganzen Chaos vergessen hatte, den Beleg mit der Sparbuchentsperrung in die Hauspost zu packen.

Er rief das Konto auf und sah sich die Buchungen genauer an, die die Kundin moniert hatte. Im elektronischen Archiv öffnete er die Quittungen der Auszahlungen. Dort fand er einen Umbuchungsbeleg – der Verwendungszweck sprang ihn regelrecht an: Nils Schwarz' Mitgliedsbeitrag von Frau Winter. Empfänger in beiden Fällen Konten des Fußballvereins FC Vorwärts Bochum. Herr Yilmaz hatte recht gehabt: Die Kundin erinnerte sich nicht mehr daran. Erleichtert griff er zum Hörer und rief in der Revision an. Dieses Mal ließ er sich nicht abwimmeln und wurde weiterverbunden.

»Lorenzen, Revision. Was kann ich für Sie tun, Herr Hader?«

»Es geht um Herrn Schwarz. Frau Winter hat das Geld abgehoben und ...«

»... Sich nicht erinnert«, vervollständigte die Kollegin den angefangenen Satz. »Die Tochter hat heute angerufen und den Sachverhalt aufgeklärt.«

»Da bin ich aber erleichtert, dass alles wieder in Ordnung ist.«

»Ist es leider nicht. Dabei ist aufgefallen, dass sich der Kollege großzügig an anderer Stelle bedient hat.«

»Wie bitte?«

»Mehr kann ich Ihnen dazu nicht sagen.« Die Kollegin verabschiedete sich und beendete das Telefonat.

Jens runzelte angesichts der unerwarteten Entwicklung die Stirn. Er war neugierig und wollte mehr darüber erfahren. Da es durch die Buchung aufgefallen war, konnte es nicht schaden, einen Blick auf das Vereinskonto zu werfen. Unter Umständen würde er dort fündig.

Das Hauptkonto war unauffällig und er entdeckte nicht auffälliges. Bei dem anderen hingegen stutzte er: Die einzigen Zahlungseingänge waren die monatlichen Mitgliedsbeiträge. Abgesehen davon gab es ausschließlich Abhebungen an Geldautomaten. Die Summe der Beiträge kam ihm außergewöhnlich hoch vor: Hatte ein Fußballverein so viele Mitglieder?

Jens wusste es nicht und sah sich die Buchungen genauer an. Der Einzug erfolgte in einer großen Sammelbuchung, die per Diskette eingereicht wurde. Ein altmodisches Verfahren, was ein paar Unternehmen hier in der Gegend trotzdem benutzten. In der Hauptstelle wurden die Aufträge nach den üblichen Kontrolltätigkeiten verarbeitet und freigegeben. Darüber gab es Protokolle. Dort wurde er fündig: Ingo Schwarz war an dem Vorgang beteiligt gewesen.

Seine Neugierde war geweckt und er warf einen Blick auf die Abhebungen an den Geldautomaten. Verdächtig war es auf jeden Fall. Die Karte gehörte einem Michael Müller – ein Allerweltsname, der ihn nicht weiterbrachte. Trotzdem konnte er herausfinden, wer diese seinerzeit bestellt hatte. Wieder tauchte der Name Ingo Schwarz auf. Das konnte kein Zufall sein. Besagter Karteninhaber wohnte in der Nähe des Stadtparks. Google Street View zeigte ein altes Stadthaus. Kurzerhand griff Jens nach dem Telefonhörer und wählte die Nummer. Sie stellte sich als falsch heraus und im örtlichen Telefonbuch gab es keinen Eintrag zu den Angaben. Der Verdacht lag nahe, dass die Person nicht existierte und jemand anders die Karte benutzte. Und im Augenblick deutete alles auf den Kollegen Schwarz hin.

Jens zögerte, an sich ging ihn die Angelegenheit nichts an, aber er musste Gewissheit haben und machte sich auf den Weg dorthin. Eine Klingel mit Müller gab es nicht. Wie es der Zufall wollte, kam eine alte Dame aus der Tür und er fragte höflich nach. Bereitwillig erteilte sie Auskunft. Nein, die gesuchte Person wohnte auf keinen Fall hier.

Auf dem Rückweg grübelte Jens über die neusten Erkenntnisse nach. Der Diebstahl hing mit den Buchungen auf dem Vereinskonto zusammen. Da war er sich sicher. Die Dateien mit Zahlungen wollte er sich näher ansehen. Dafür benötigte er Hilfe, mit dem elektronischen Zahlungsverkehr und den ganzen Kleinigkeiten kannte er sich nicht gut genug aus. Er wusste aber jemandem, der helfen konnte: Frau Bach.

Leider weiterhin keine Rückmeldung von ihr. Er war sicher keiner Schuld bewusst. Wenn es nicht an ihm lag, musste es einen anderen logischen Grund für das Verhalten geben.

Hallo Frau Bach,

sind Sie vom Arzt zurück? Melden Sie sich bitte kurz: Ich mache mir Sorgen um Sie!

Jens Hader

Anzurufen wäre die einfachste Lösung gewesen, aber das hielt er sich als letzte Möglichkeit offen, falls sie sich nicht auf die Nachricht melden sollte. An der Ecke zum Kortländer blieb er abrupt stehen. Die Kollegen aus der Hauptstelle hatte er vollkommen vergessen.

»Endlich bequemt sich der Herr und gibt uns die Ehre«, wurde er unfreundlich von Herrn Bachmann begrüßt. Der Revisor hatte sich seit der letzten Prüfung kaum verändert. Anfang fünfzig und Tipptopp in Form, wie Jens mit einem Anflug Neid feststellte. Lediglich der braune Haaransatz war ein wenig zurückgewichen und die modische Brille war neu. »Los, legen Sie mal einen Zahn zu. Ich habe nicht den ganzen Tag Zeit.«

»Immer mit der Ruhe, Herr Kollege. Die Listen rennen Ihnen nicht weg«, mischte sich Ralf Sandel, ein Riese mit Glatze und Vollbart, ein. Mit dem Inhaber der Elektrofirma, die häufig Aufträge für die Glückauf Bank erledigte, hatte er nicht gerechnet.

Jürgen Schrimmel, ein kleiner, drahtiger Mann mit langem Pferdeschwanz, und Mitinhaber der Firma, brummte zustimmend. »Kleine Planänderung. Wir nehmen heute die Kassenterminals mit. Der AKT wird zu einem anderen Zeitpunkt abgebaut.«

»Die Kollegen aus der Hauptstelle können den Tresorbestand erst abholen, wenn ich fertig bin«, hetzte Herr Bachmann. Jens ließ sich nicht drängeln und schloss in aller Seelenruhe die Tür auf. Der Revisor drängelte sich an ihm vorbei und sah sich dabei neugierig um. »Schade um die schöne Geschäftsstelle ...«

Jens hatte keine Lust auf Small Talk und steuerte geradewegs auf den Kassenbereich zu. Die beiden Handwerker machten sich ans Werk und der Revisor schnappte sich einen Schreibtischstuhl. Mit dem Block in der Hand sah er vorwurfsvoll auf.

»Worauf warten Sie? Ich habe Ihnen die Liste mit den Anforderungen geschickt.«

Schweigend ging Jens zum Schrank und suchte die Ordner mit den Schlüsselverzeichnissen und Übergabeprotokollen heraus. Ein Blick hinein verriet ihm, dass Herr Maas sie nicht auf den neuesten Stand gebracht hatte. Die zeitlichen Lücken waren nicht zu übersehen und für den Revisor ein gefundenes Fressen. Egal, dachte sich Jens. Er war kein Leiter mehr und die Filiale geschlossen. Nachdem er die Unterlagen überreicht hatte, wollte er zu seinem Schreibtisch und mit den Nachforschungen weitermachen.

»Nicht so eilig«, hielt Herr Bachmann er ihn im Kommandoton zurück. »Sie bleiben hier. Ich habe die eine oder andere Frage an Sie.« Widerwillig setzte sich Jens hin und sah dem Revisor bei der Arbeit zu. Wenige Augenblicke später durfte er sich die ersten Vorwürfe, wegen der ›miserablen Dokumentation‹ anhören. So ging es dann die nächste halbe Stunde weiter. An allem gab es etwas auszusetzen.

»Hätte man nicht auf die Prüfung verzichten können?«, fragte Jens.

Überrascht sah Herr Bachmann auf und funkelte ihn wütend an. »Es war an der Zeit, die Geschäftsstelle zu prüfen. Ob geschlossen oder nicht, ist egal. Sie tragen die Verantwortung für die Abläufe. Danach liegt es im Ermessen des Vorstandes, ob es nach dem Bericht Konsequenzen geben wird.«

»Aha.« Herr Bachmann war Jens äußerst unsympathisch und erfüllte alle Vorurteile, die er gegenüber Revisoren hatte: pedantisch, pingelig und unfreundlich. Mit ihm über die Sinnlosigkeit der Prüfung zu diskutieren war vergeudete Zeit.

»Mir macht das genauso wenig Spaß wie Ihnen«, redete der weiter. »Wir haben mit den Diebstählen genug zu tun. Waren Sie es nicht, dem es aufgefallen ist?«

»Ja.«

»Mehr haben Sie dazu nicht zu sagen?« Der Revisor musterte ihn mit zusammengekniffenen Augenbrauen.

»Ist das Ihr Ernst?« Jens fiel es schwer, die Verärgerung in der Stimme zu unterdrücken. Die Richtung, die das Gespräch einschlug, gefiel ihm nicht.

»Kannten Sie den Kollegen näher oder waren mit ihm befreundet?«

Jens schnaubte bei dieser Unverschämtheit. »Wie gut kannten Sie ihn?«

Irritiert blinzelte Herr Bachmann. »Wie das so ist. Man läuft sich gelegentlich über den Weg, grüßt sich und wechselt hier und da ein Wort. Warum fragen Sie?«

»Da haben Sie Ihre Antwort«, erwiderte Jens. Er hatte die Nase voll und sagte nichts mehr zu der Angelegenheit. Seine Weigerung kam nicht gut an. Mit einem Gesicht wie sieben Tage Regenwetter machte der Revisor weiter. Der Polizei würde Jens die Fragen beantworten, und niemandem sonst.

Die Zeit zog sich wie Kaugummi in die Länge. Penibel überprüfte Herr Bachmann jeden einzelnen Ordner und die Liste mit den Anmerkungen wuchs kontinuierlich. Eine gefühlte Ewigkeit später war es dann vorbei und Jens war erlöst. Der Kollege stand auf und warf ihm einen finsteren Blick zu. »Ich finde den Weg nach draußen allein. Am Ende der Woche erhält der Vorstand den Prüfungsbericht und Sie eine Kopie davon.«

Erleichtert atmete Jens auf, als der unangenehme Zeitgenosse endlich die Zweigstelle verließ. Kurz unterhielt er sich mit den Elektrikern, die über das Verhalten nur lachend den Kopf schüttelten.

»Den darf man einfach nicht ernst nehmen. Es gibt keinen Zweigstellenleiter, der sich noch nicht, beim Vorstand, über den Typen beschwert hat«, verriet Jürgen Schrimmel kopfschüttelnd. Die beiden waren inzwischen mit der Arbeit fertig und verabschiedeten sich mit einem freundlichen Nicken von ihm. Fehlte nur die Ablieferung der Geldbestände – erfreulicherweise kamen die Kollegen wenige Minuten später und erledigten in Windeseile den Rest.

Jens ging zurück an den Schreibtisch und aß die kalten Dönerreste auf. Das beruhigte die Nerven und langsam entspannte er sich wieder. Anstatt Löcher in die Luft zu starren, machte er mit seinen Recherchen weiter. Zuerst widmete er sich dem Vereinskonto. Nach der Kontoeröffnung wurde es lange Zeit nicht benutzt. Vor zweieinhalb Jahren änderte es sich dann im Herbst. Die Mitgliedsbeiträge, knapp 200 EUR insgesamt, wurden in Einzelbeträgen von je 14,99 EUR gutgeschrieben und am Geldautomaten sofort abgehoben. In den Folgemonaten erhöhte sich die Summe in Rekordzeit auf monatlich rund 30.000 EUR. Dank der ersten Umsätze wurde er schnell fündig. Das Geld kam von Sparbüchern, die alle umsatzlos und gesperrt waren. Um Konten dieser Art kümmerte sich in der Hauptstelle die Nachbearbeitung.

Jemand bediente sich im großen Stil und es war bisher niemandem etwas aufgefallen. Ja, langsam ergab es einen Sinn. Der Betrag war mit Absicht so niedrig gewählt, um die Buchungen vor den Kontrollmechanismen zu verstecken. Außerdem schaute bei der Summe niemand genauer hin.

Jens vertrat sich ein wenig die Beine und lief in der Zweigstelle herum. Dabei grübelte er angestrengt über das Ergebnis seiner Nachforschungen nach. Anfangs hatte der Dieb Belege ausgefüllt, unter Umständen als Testlauf, ob er damit durchkam. Es klappte – er stahl von mehr Konten und wechselte auf die einfacheren elektronischen Zahlungen. Ein weiteres Indiz was gegen den Kollegen Schwarz sprach, da in seiner Abteilung die Aufträge bearbeitet wurden.

Jens massierte sich den Nasenrücken. Kein Wunder, dass alle von dessen Schuld überzeugt waren. Trotzdem ergab das wenig Sinn für ihn. Jemand, der so geschickt die Kontrollen überlistete, war doch nicht so dumm und bestahl die Nachbarin, weil er Geldprobleme hatte. Obendrein hatte er Ingo Schwarz als nicht technikaffin in Erinnerung. Die Skepsis überwog und Jens recherchierte weiter. Blieben die Zahlungsverkehrsdateien. Bei dem Thema war er raus und benötigte Unterstützung.

Frau Bach war jedoch abgetaucht und reagierte nicht. In seiner Not griff er zum Handy und versuchte es telefonisch. Wieder nichts. Nach dem dritten Klingeln sprang die Mailbox an und er hinterließ die Bitte um Rückruf.

Sie war krankgeschrieben und musste in absehbarer Zeit zu Hause auftauchen. Und falls er sie besuchte? Er zögerte. Beim Gedanken sie zu überfallen hatte er ein ungutes Gefühl und bekam ein schlechtes Gewissen. Andererseits hatte sie selbst nachforschen wollen. Die Entscheidung fiel ihm unendlich schwer, aber die Geschichte ließ ihm keine Ruhe. Wenn sie seine Bitte ablehnte, wollte er sie nicht bedrängen oder überreden.

Ohne auf die Uhrzeit zu achten, meldete er den Rechner ab und machte den Laden zu. Seine Anwesenheit in der Filiale war nicht erforderlich und im Zweifel hatte genügend Überstunden. Zügig lief er zur U35 und überlegte, wie er ihr die Störung und sein Anliegen am besten erklärte.

Von der Haltestelle, Oskar-Hoffmann-Straße, war es nicht weit. Das Mehrfamilienhaus, in dem Frau Bach wohnte, hatte er schnell gefunden. Er klingelte und wartete ungeduldig. Nichts passierte. Nach einer Weile versuchte er es erneut und ließ dieses Mal den Daumen länger auf dem Knopf. Wieder nichts. Zu seinem Glück öffnete sich fünf Minuten später die Haustür und eine ältere Dame verließ das Haus.

Sie musterte ihn erst skeptisch und lächelte dann. »Zu wem möchten Sie denn?«

»Frau Bach erwartet mich, aber anscheinend hört sie die Klingel nicht«, log er unverschämt.

»Das Teil ist seit Wochen defekt und niemand kümmert sich darum«, beschwerte die alte Dame sich. Dann wurde ihr Lächeln breiter »Die Frau Bach ist eine Liebe. Sie wohnt eine Etage über mir. Gehen Sie ruhig hoch, im dritten Geschoss, auf der rechten Seite.«

Kleider machen Leute, dachte sich Jens. Ohne den Anzug und die Krawatte hätte sie ihn nicht ins Haus gelassen. Freundlich bedankte er sich für die Hilfe und wünschte der Frau einen angenehmen Tag.

Leider gab es keinen Aufzug und er musste sich die Treppen zu Fuß hochquälen. Außer Atem klingelte er an der Haustür. Wieder reagierte niemand. Ungeduldig holte er das Handy aus der Tasche und wählte ihre Nummer. Dieses Mal war deutlich das Läuten eines Telefons durch die Wohnungstür zu hören. Warum stellte sie sich tot und machte die Tür nicht auf? Er schickte eine Textnachricht.

Machen Sie bitte auf, Frau Bach. Ich bin es, Jens Hader.
Nur wenige Augenblicke später erschien die Lesebestätigung. Eine Reaktion darauf bekam er trotzdem nicht. Erneut ließ er das Telefon bimmeln und dieses Mal war der Teilnehmer nicht erreichbar. Unschlüssig sah er sich um. Das Verhalten passte überhaupt nicht zu ihr und er machte sich Sorgen. Kräftig klopfte er mit der Faust gegen die Tür und lauschte angestrengt. Er meinte, etwas zu hören.

»Machen Sie bitte auf, Frau Bach.« Mit der flachen Hand schlug er kräftig gegen das Holz.

Das Einzige, was er mit seinen Bemühungen erreichte, war den Nachbarn zu stören. Die Tür der gegenüberliegenden Wohnung wurde ruckartig aufgerissen. Ein alter dürrer Mann im Unterhemd funkelte ihn wütend an und blaffte sofort los.

»Sie haben hier nichts zu suchen. Verschwinden Sie, aber dalli!«

Jens setzte sein freundlichstes Lächeln auf. »Ich bin Herr Hader und möchte zu Frau Bach.«

»Was haben Sie gesagt? Ich kann Sie nicht hören!«

»Ich möchte zu Frau Bach«, wiederholte er lauter.

»Moment!«, polterte der Mann. »Ich muss das Hörgerät lauter stellen, der Akku wird sonst immer zu schnell leer.«

Jens seufzte leise und sah geduldig zu, wie der Nachbar an dem Handy herumfummelte.

»Also …«, blaffte der Rentner.

»Ich möchte zu Frau Bach. Sie …«

»Es interessiert mich nicht, was Sie hier wollen«, wurde er sofort unterbrochen. »Sie verschwinden oder ich rufe die Polizei!«

Das wollte Jens auf jeden Fall vermeiden. Beschwichtigend hob er die Hände. »Bitte entschuldigen Sie den Lärm. Frau Bach ist meine Auszubildende in der Glückauf Bank. Ich mache mir Sorgen und muss dringend mit ihr sprechen.«

»Sie aber nicht mit Ihnen, sonst wäre die Tür offen! Verscheißern lasse ich mich nicht. Ich rufe jetzt die Polizei!«

Ungeschickt tippte er auf dem Handy herum. Im gleichen Atemzug öffnete sich Frau Bachs Wohnungstür einen Spalt.

»Alles in Ordnung, Herr Meier. Ich bin eingeschlafen und habe nichts gehört. Das Theater tut mir leid.«

Der Alte hielt inne, auf seinem Gesicht zeichnete sich ein Lächeln ab und seine Wangen röteten sich ein wenig. »Belästigt der Anzugfuzzi dich?«

»Nein«, sagte sie schnell. »Er ist mein Chef und er wollte mir Lernmaterialien für die Ausbildung vorbeibringen.«

Der Alte beäugte Jens, ein letztes Mal skeptisch, und verschwand dann wieder in seiner Wohnung. Mit einem lauten Knall fiel die Tür ins Schloss.

Langsam, wie in Zeitlupe, öffnete Frau Bach die Tür weiter. Jens blinzelte und sah sie verwundert an. Die Augen wurden vollständig von einer großen Sonnenbrille verdeckt und sie sah wie Puck, die Stubenfliege aus. Statt des Hosenanzugs, an den er gewöhnt war, trug sie einen langen schlabbrigen Jogginganzug. Schweigend machte sie eine auffordernde Handbewegung und bat ihn herein.

14

Herr Meier hätte die Polizei gerufen und nur deshalb ließ Svenja ihren Chef herein. Unter anderen Umständen wäre er ihr willkommen gewesen. Aber nicht mit dem blauen Auge und der aufgeplatzten Lippe. Sie stellte sich ans Fenster, damit er die Spuren der Prügel nicht sofort bemerkte. Im Augenblick betrachtete er sicher die winzige und spärlich eingerichtete Wohnung. Viel besaß sie nicht, aber es war ihr Reich.

»Was wollen Sie, Chef? Ich bin die ganze Woche krankgeschrieben.«

»Ich benötige Ihre Hilfe. Es geht um Ingo Schwarz.«

Ausgerechnet deswegen war er hier. Darüber hatte sie sich am Wochenende den Kopf zerbrochen. Sie nahm ›seine‹ Drohung ernst und wollte keine weitere Aufmerksamkeit erregen. Die Bitte um Hilfe war ein wunder Punkt bei ihr. So schwer es ihr fiel, hatte sie eine Entscheidung getroffen.

»Tut mir leid. Da fragen Sie die Falsche. Ich kann Ihnen dabei nicht helfen.«

Lass dir bloß nichts anmerken, dachte sie und eilte in die Küche. Geschäftig wühlte sie in einer Schublade herum. Ihr plötzlicher Meinungswechsel kam für den Chef sicher überraschend und er fragte sich garantiert, was los war.

»Ich hätte hier nicht so auftauchen und Sie mit dem Anliegen überfallen sollen. Dafür bitte ich um Entschuldigung«, sagte er nach einem Augenblick. Überrascht hielt sie inne – damit hatte sie beim besten Willen nicht gerechnet. »Bitte helfen Sie mir. Allein komme ich nicht weiter.«

Mist, verdammter, fluchte sie stumm. Warum hatte sie die Tür geöffnet und ihn hereingelassen? Die Neugierde war zu groß. »Worum geht es, Chef?«

»Familie Schwarz steht vor dem Ruin. Bei meinen Nachforschungen bin ich auf Ungereimtheiten gestoßen. Vielleicht ist er unschuldig.«

»Verdammte Axt!«, platzte sie heraus. Ausgerechnet das hatte sie nicht hören wollen. Entgegen aller Vernunft musste sie mehr darüber erfahren. »Wie kann ich helfen?«

»Es sind Hunderte Sparkonten von den Diebstählen betroffen«, begann der Chef und gab ihr eine kurze Zusammenfassung von seinen Entdeckungen. »Das passt alles nicht zusammen. Ich hoffe auf einen Hinweis in den Dateien. Leider kenne ich mich damit nicht aus.«

So einen komplizierten Raubzug traute sie Ingo beim besten Willen nicht zu. Die Sache stank zum Himmel. Jemand wollte es ihm in die Schuhe schieben.

»Sie glauben an seine Unschuld und wollen Ärger riskieren?«

»Ich hoffe es zumindest«, antwortete der Chef. »Mit dem Ärger kann ich umgehen, aber wenn Herr Schwarz unschuldig ist ...«

Er redete nicht weiter. Svenja verstand trotzdem und traf eine Entscheidung. Umgedreht hatte sie sich immer noch nicht und wahrscheinlich wunderte er sich inzwischen darüber. »Sie haben gewonnen, ich helfe Ihnen«, schimpfte sie. »Aber nur unter meinen Bedingungen!«

Sein erleichterter Seufzer war deutlich zu hören. »Wie lauten die?«

Jetzt kam der schwierige Teil und sie hoffte inständig, dass er keinen Rückzieher machen würde.

»Niemand darf etwas von meiner Hilfe erfahren. Und ...« langsam drehte sie sich um und nahm die Sonnenbrille ab. Damit ging sie ein Risiko ein, aber sie vertraute auf ihr Gefühl. »Wir verlieren hierüber kein Wort, Chef.«

Mit offenem Mund und aufgerissenen Augen starrte er sie an. »Wer hat Ihnen das angetan?«, platzte er wütend heraus. Trotz der vielen Schminke hatte sie die Spuren der Schläge nicht vollständig verbergen können. »Sie müssen ...« Er hielt inne – es war das erste Mal, dass sie ihn so emotional erlebte.

»Wir verlieren kein Wort darüber, Chef«, erinnerte sie ihn mahnend.

»Aber ...«

»Ich vertraue Ihnen. Beruht das auf Gegenseitigkeit oder nicht?« Es war gemein, ihn so zu manipulieren, aber welche Wahl hatte sie? Einen weiteren Besuch mit einer Tracht Prügel wollte sie nicht riskieren.

Der Chef runzelte die Stirn. »Wie stark sind die Schmerzen?«

»Halb so wild. Versprechen Sie, nichts zu verraten?«

»Widerwillig und unter Protest akzeptiere ich Ihre Bedingungen. Wann müssen Sie wieder zum Arzt?«

»Lassen wir den Small Talk, Chef. Wir haben Wichtigeres zu tun. Wie gehen wir vor?«

»In den Dateien gibt es hoffentlich Hinweise, mit denen wir die Unschuld von Herrn Schwarz beweisen können.«

»Was hat Ihre Meinung geändert?« Sicher hatte er ein schlechtes Gewissen und fühlte sich verantwortlich, vermutete Svenja. Zeigen oder zugeben tat er es nicht. Typisch Chef.

»Die hohe Summe. Mit der Zeit ist mindestens eine halbe Million Euro gestohlen worden. Trotzdem hatte Familie Schwarz Geldsorgen. Ich kann mir nicht vorstellen, dass er das verjubelt hat.«

Sie nickte, und wenn es doch der Fall gewesen sein sollte, hatten die Beteiligten Gewissheit. »Für die Recherchen benötigen wir Computer.«

»Die haben wir in der Zweigstelle«, antwortete der Chef. »Abgesehen von den Kassenplätzen ist alles an Ort und Stelle. Die Jalousien sind unten und niemand wird Sie entdecken. Mit den ganzen Feinheiten der internen Buchungen und Zahlungsverkehrsdateien kenne ich mich nicht gut genug aus.«

Svenja verstand. Damit hatte sie in der Hauptstelle zu tun gehabt. Das Thema war eine angenehme Abwechslung zu der drögen Belegbearbeitung gewesen. Langsam und mit schmerzenden Rippen bewegte sie sich Richtung Badezimmer. »Machen Sie es sich bequem, Chef. Ich bin gleich wieder da.«

Die Wartezeit nutzte er garantiert, um sich ein wenig umzusehen, aber das störte sie nicht. Nirgendwo hatte sie persönliche Gegenstände, wie Fotos und andere Erinnerungsstücke. Der Ausbildungsordner und die Unterlagen für die Berufsschule waren, abgesehen vom uralten Laptop, das einzig spannende im IKEA Regal.

Nach knapp fünf Minuten öffnete sie die Badezimmertür. Die große Sonnenbrille saß wieder auf ihrer Nase und sie hatte das Make-up nachgebessert. Dadurch sah ihre Gesichtsfarbe deutlich gesünder aus, aber die geschwollene Lippe war nicht zu übersehen. Trotzdem lächelte sie den Chef freundlich an. »Wollen wir?«

In der Zweigstelle meldete sich Herr Hader am Rechner an und überließ ihr den Platz. Eine Vorsichtsmaßnahme, damit ihr Name in keinen Zugriffsprotokollen auftauchte. Motiviert machte sie sich an die Arbeit, während er ihr dabei über die Schulter sah. Gewissenhaft überprüfte sie das Nebenkonto und recherchierte in den Vorgängen und Dokumenten. Zusätzlich druckte sie eine Liste mit den betroffenen Konten aus.

»Was ich bisher gefunden haben, deutet auf Ingo als Täter hin. Eindeutiger geht es an sich nicht, Chef«, gab sie widerwillig zu.

»Finden Sie das nicht seltsam?«

Ja, es war zum Mäusemelken, aber aufgeben kam für sie nicht infrage. Es musste einen Hinweis geben. »Sie schauen sich die Sparkonten an und ich werfe einen Blick auf die Geldabhebungen am Automaten«, schlug sie vor.

Aus den Dateien konnte man problemlos die betroffenen Konten ausdrucken. Es war eine beachtliche Liste und sie teilten den Stapel auf. Svenja ging ins Besprechungszimmer und war damit außer Sichtweite, falls jemand überraschend aus der Hauptstelle vorbeikam. Hoffentlich war das wieder keine Sackgasse und Zeitverschwendung.

Die Abhebungen waren in Bochum, Gelsenkirchen und Herne an Geldautomaten der Sparkassen erfolgt. Nach einer halben Stunde hörte Svenja mit der Recherche auf. Mit den Ausdrucken in der Hand ging sie zurück. Der Chef saß dösend am Schreibtisch und zuckte kurz zusammen.

»Ich habe einen Augenblick meine Augen ausgeruht«, erklärte Herr Hader hastig. »Alle kontrollierten Sparkonten sind umsatzlos, wenn man von den 14,99 EUR absieht.«

Für sie hatte es eher nach einem Nickerchen ausgesehen, aber sie ließ es ihm durchgehen. »Der Dieb war immer bei der ›Spaßkasse‹. Wir besorgen uns die Bilder der Überwachungskameras«, schlug sie vor.

Ihre Begeisterung bekam einen Dämpfer, weil der Chef den Kopf schüttelte. »Ohne einen triftigen Grund wird man uns die Aufnahmen nicht aushändigen. Den offiziellen Weg können wir nicht beschreiten?«

»Kennen Sie zufällig jemanden, der helfen kann?« So schnell wollte sie nicht aufgeben.

»Tut mir leid, damit kann ich nicht dienen.«

Wieder eine Sackgasse. Mit einem enttäuschten Schnauben ließ sie sich vorsichtig auf der Tischkante nieder und ließ den Stapel Papiere auf den Tisch plumpsen.

»So kommen wir nicht weiter«, erklärte sie. Vielleicht mussten sie den Tatsachen ins Auge sehen: Sie hatten sich geirrt und Ingo war der Dieb.

Der Chef kaute auf seiner Unterlippe und runzelte kräftig die Stirn. Hastig richtete er sich auf und tippte ein paar Befehle ein. Svenja stand auf und sah ihm neugierig über die Schulter.

»Was suchen Sie?«

»Was ist mit dem Vereinskonto?«, murmelte er. Nach einem Augenblick sah er auf und deutete auf den Bildschirm. »Herr Schwarz, hat eine Vollmacht zu dem Konto und die Geldkarte mit dem falschen Namen benutzt. Das ergibt keinen Sinn.«

Sie schlug sich mit der flachen Hand gegen die Stirn. Warum war ihr das nicht eingefallen! »Genau! Er hätte einfach an den Kassenschalter gehen können«, stimmte sie zu. »Was hat er überhaupt mit dem Konto zu schaffen?«

Gemeinsam schauten sie im Dokumentenarchiv, aber da war nichts dazu zu finden.

»Lassen Sie mich mal ran«, sagte Svenja ungeduldig. Nachdem sie die Plätze getauscht hatten, rief sie die Protokolle auf und starrte konzentriert auf den Monitor. In den Vorgangslisten wurde sie, nach ein paar Minuten, fündig. »Ich habe etwas gefunden«, rief sie triumphierend und tippte mit dem Zeigefinger auf den Bildschirm. »Die Änderung ist vor zwei Wochen erfasst worden und wurde rückdatiert.«

»Das geht?«, fragte der Chef überrascht.

»Ja, die Nachbearbeitung macht das gelegentlich.« Svenja hatte eine Ahnung und suchte im Intranet nach dem Datum. Bei dem Suchergebnis runzelte sie die Stirn und zeigte ihm das Ergebnis. Die Vollmacht war zufällig am Tag von Ingos Wechsel in die Zahlungsverkehrsabteilung eingerichtet worden. »An dem Tag hatte er sicher Wichtigeres zu tun«, stellte sie fest.

»Hilft uns das weiter?«

»Werfen wir mal einen Blick auf die anderen Vereinskonten«, schlug sie vor. Zu denen hatte Ingo auch eine Vollmacht – seit letztem Monat. Im Archiv fand sie den Grund dafür: Er war zum Kassenwart ernannt worden. Das Sitzungsprotokoll und Kopien der Unterschriften waren verfilmt. Das Konto, das für die Diebstähle benutzt wurde, fehlte hingegen. Jemand musste mit Absicht eine falsche Spur gelegt haben.

»Der Dieb muss etwas mit dem Verein zu tun haben«, schlussfolgerte Svenja.

»Ja, das glaube ich auch. Sie hatten den richtigen Riecher, Frau Bach.«

Svenja freute sich über das Lob. Der Aufenthalt in der Zahlungsverkehrsabteilung war keine totale Zeitverschwendung gewesen. Ingos Unschuld war damit nicht beweisen, aber die Hinweise konnten sie weiterverfolgen. Zu ihrer Überraschung griff der Chef nach dem Telefonhörer.

»Was wird das, wenn es fertig ist?«, wollte sie wissen.

Achselzuckend hielt er inne. »Ich informiere die Revision über unsere Entdeckung.«

Mit zusammengekniffenen Augenbrauen fixierte sie ihn. »Ich halte das für keine gute Idee, Chef«, äußerte sie ihre Bedenken.

»Aber ...« Mitten im Satz brach er ab. Mit nachdenklichem Blick hielt er inne und wurde plötzlich knallrot. Die Verlegenheit war ihm deutlich anzusehen. »Warum ist das niemandem anderes aufgefallen?«

»Weil Ingo der perfekte Schuldige ist und man nicht genauer hingesehen hat?«, schlug sie vor.

»Das könnte sein«, stimmte ihr der Chef zu. »Der Dieb hat sich lange Zeit trotz aller Kontrollen und Sicherheitsvorkehrungen unbemerkt an den Sparbüchern bedienen können. Kommt das an die Öffentlichkeit, gibt es einen Riesenskandal. Der Vorstand möchte das sicher nicht. Bloß keinen Wirbel verursachen, der ein schlechtes Bild auf die Bank wirft.«

Oh ja, nickte sie zustimmend. Der Selbstmord löste die Probleme mit einem Schlag. Abgesehen von den Angehörigen waren alle glücklich. Ein Anruf in der Abteilung würde daran wahrscheinlich nichts ändern. Im schlimmsten Fall ging man nicht mal dem Hinweis nach und tat es als Spinnerei ab. Der

Fund weckte bei Svenja berechtigte Zweifel an Ingos Todesumständen.

Seufzend lehnte sich der Chef im Stuhl zurück. »Sie haben Recht – wir benötigen mehr Beweise.«

»Genau und deswegen machen wir weiter.« Dann ließ sie die Bombe platzen. »Wir finden den Mörder und lösen den Fall.«

»Wie bitte, Mörder?«, fragte der Chef perplex.

Sie nickte heftig mit dem Kopf. »Ingo ist unschuldig und hatte keinen Grund, sich umzubringen.«

»Und was ist mit der Nachricht an seine Frau?«

»Mensch, Chef«, stöhnte sie übertrieben. »Die hat der Mörder geschickt. Eine falsche Spur, weil Ingo ihm auf die Schliche gekommen ist.«

Die Zweifel an ihrer Theorie waren ihm deutlich anzusehen, aber so schnell gab sie nicht auf. »Ingo hat, sogar sturzbetrunken, immer wieder seine Unschuld beteuert. Jeder weiß, dass Betrunkene ohne Rücksicht auf Verluste reden.«

»Es könnte dennoch ein Unfall gewesen sein«, erwiderte der Chef mit nachdenklicher Stimme.

»Ich glaube nicht. Niemand hat mit seinem Auftauchen beim Fest gerechnet – für den Dieb war das sicher eine unangenehme Überraschung.«

»Und deswegen hat er ihn umgebracht?«, äußerte der Chef seine Bedenken. »Das ist abenteuerlich, Frau Bach.«

»Ingo wusste etwas, aber ihm fehlten wie uns die Beweise. Ich wette, er ist dem Dieb über den Weg gelaufen und hat ihn zur Rede gestellt. Der ist ihm gefolgt und hat die Gelegenheit genutzt.«

Ausreichend Zeit hatte der Täter gehabt, weil sie ihn allein gelassen und sinnlos rumdiskutiert hatte. Ihre Abwesenheit war lang genug gewesen, um den Wehrlosen zu den Teichen zu bringen. Ein Schlag mit dem Stein gegen den Kopf und die Gefahr war beseitigt. Bei dem Gedanken lief ihr ein Schauer über den Rücken. Sie hatte nicht aufgepasst und deswegen hatte das Unglück erst passieren können. Bloß nicht weiter darüber nachdenken, nahm sie sich vor. Im Verdrängen solcher Sachen war sie gut, aber der Schutzschild bröckelte.

Der Chef rieb sich das Kinn. »Ingo wollte den Personalchef verprügeln und hat gedroht, dem Vorstand etwas zu verraten. Ralf hat ihn außerdem gesucht, als ich zur Toilette bin. Vielleicht hängt das zusammen.«

»Nein«, widersprach Svenja hastig. »Der war total überrascht, als ich von Ingos Tod erzählt habe.«

»Wann war das?«, hakte Jens nach.

»Ich habe heute Morgen in der Personalabteilung angerufen und mich krankgemeldet.« Mist, fast hätte sie sich verplappert. Die Ausrede lenkte die Aufmerksamkeit auf die Verletzungen in ihrem Gesicht. Sie spürte, wie der Chef die aufgeplatzte Lippe lange musterte.

»Lassen Sie mich bitte helfen ...«, versuchte er es erneut.

Sie schüttelte entschieden den Kopf. »Ich kann und will im Augenblick nicht darüber reden.« Darum musste sie sich selbst kümmern.

»Mein Angebot bleibt trotzdem bestehen«, sagte er und die Enttäuschung in seiner Stimme war deutlich zu hören. Zu ihrer Überraschung holte er seine Geldbörse heraus und reichte ihr eine Visitenkarte. »Sollten Sie es sich anders überlegen, melden Sie sich bei der Kommissarin.«

Schweigend studierte Svenja die Karte und gab sie nach wenigen Augenblicken zurück. »Sie kann tatsächlich helfen. Rufen Sie an.«

»Und was sage ich ihr?«, fragte der Chef mit gerunzelter Stirn.

Svenja schmunzelte bei der Frage. »Plaudern Sie ein wenig inoffiziell mit ihr und erwähnen die Diebstähle und den Mord. Die Kommissarin wird wissen, was zu tun ist. Als Dankeschön laden Sie sie zu einem Kaffee ein.«

»Aha«, murmelte er.

Sie musste ihn dazu drängen und er war alles andere als begeistert, aber er versuchte es. Der Chef war sichtlich erleichtert, weil er die Kommissarin auf beiden Nummern nicht erreichte. Außerdem weigerte er sich hartnäckig, auf die Mailbox zu sprechen oder etwas ausrichten zu lassen.

»Wir machen für heute Feierabend«, entschied er zu ihrer Enttäuschung.

Svenja passte das überhaupt nicht. Sie wollte weitere Nachforschungen anstellen. Die Situation der Familie erinnerte sie schmerzlich an ihre eigene Kindheit. Gestorben war ihr Vater nicht, aber er hatte sich aus dem Staub gemacht und ihre Mutter sitzen gelassen. Die war nach der Geburt mit der Erziehung vollkommen überfordert. Die Erinnerungen an das Jugendamt und dem betreuten Wohnen kamen schlagartig zurück. Das war zum Glück Vergangenheit. Trotz aller Widrigkeiten hatte sie sich einen Ausbildungsplatz bei der Glückauf Bank besorgt.

»Aber Chef …«

»Nein, Frau Bach!«, unterbrach er sie entschieden. »Wir müssen vorsichtig sein, das bedeutet: keine eigenmächtigen Nachforschungen!«

»Aye, aye, Chef!«, antwortete sie flapsig. Prompt sah er sie mit ernster Miene an und sie seufzte übertrieben. »Ich tue nichts Unüberlegtes. Versprochen.«

Bei der Verabschiedung hätte sie ihn fast spontan umarmt. Sein entsetzter Gesichtsausdruck, als sie die Arme ausbreitete, hielt sie davon ab. Sie wusste nicht, was sie da geritten hatte. Im Gegensatz zu den meisten Männern, die sie kannte, benahm er sich nicht wie ein Arschloch.

Wie gewohnt lief sie Richtung U35. Am Hauptbahnhof stieg sie aus und machte einen kleinen Abstecher zu der Bäckerei auf der Ebene mit der Bogestra-Filiale. Dort gab es eine große Auswahl an türkischen Backwaren, belegten Brötchen und Baguettes. Sie kaufte ein paar Kleinigkeiten ein. Auf Kochen hatte sie keinen Bock und der Kühlschrank war leer.

Das letzte Stück nach Hause legte sie zu Fuß zurück und zerbrach sich dabei den Kopf. Ingo hatte den Dieb gekannt. Hatte er auf eigene Faust ermittelt, weil die Beweise nicht reichten, oder wollte er etwa denjenigen selbst dingfest machen. Oder ... Oder ... Oder ... Möglichkeiten gab es zahlreiche, die ihr nicht weiterhalfen. Frustriert pustete sie eine widerspenstige Haarsträhne aus dem Gesicht. Das war komplizierter als gedacht. Hatte er vielleicht mit jemandem über die Situation geredet? Soweit sie sich erinnerte, hatte Ingo nur oberflächliche Kontakte in der Glückauf Bank. Die Freizeit verbrachte er hauptsächlich beim Fußballverein, was er ihr gegenüber erwähnt hatte. Es war allgemein bekannt, dass er gerne mal ein Bierchen über den Durst trank. Während ihrer Zeit im Zahlungsverkehr war ihr einmal eine leichte Fahne aufgefallen. Deswegen hatte der Gruppenleiter ihn beiseitegenommen und ermahnt. Ihr war egal, was er in seiner Freizeit trieb, aber Alkohol lockerte die Zunge. Es konnte nicht schaden, sich beim Verein ein wenig umzuhören.

Zu Hause hatte sie ein Dutzend Nachrichten auf dem Anrufbeantworter. Jemand wollte sie anscheinend dringend erreichen und das Handy war aus. Kaum hatte sie die Stimme erkannt, drückte sie auf die Löschtaste. Sie hatte weder die Zeit noch die Lust sich mit ihm herumzuschlagen. Aus dem Regal holte sie ihr, völlig veraltetes, MacBook Air und machte es sich auf dem Gartenstuhl am Tisch gemütlich.

Die Homepage des Vereins war schnell gefunden. Während sie ein Baguette aß, klickte sie sich durch die News der Seite. Dabei entdeckte sie ein Gruppenfoto nach der letzten Versammlung, bei der Ingo zum Kassenwart ernannt worden ist. Sie ging nacheinander die Namen durch und stutzte: Einer kam ihr bekannt vor. Angestrengt starrte sie auf das zugehörige Foto, aber der Groschen wollte nicht fallen. Kurzerhand machte sie ihr Handy an und verschickte eine Nachricht.

Hallo Chef,
sagt Ihnen der Name Lutz Bachmann etwas?
Die Antwort kam in Rekordzeit.
Hallo Frau Bach,
ein Kollege aus der Revision.
Warum wollen Sie das wissen?

Dann fiel es ihr ein. Der Revisor war einmal bei einer Veranstaltung in der Hauptstelle aufgetaucht und hatte eine Ansprache gehalten. Dabei hatte er einen äußerst unsympathischen Eindruck gemacht. Was hatte der mit dem Verein zu tun? Ein offizielles Amt bekleidete Bachmann nicht und wurde als Freund und Gönner bezeichnet. Das konnte alles und nichts heißen. Sie schnappte sich erneut das Handy.

Nächste Frage Chef: Wie gut kannten der Ingo und Herr Bachmann sich?

Ungeduldig wartete sie auf die Antwort und starrte auf den Bildschirm. Dann war es endlich so weit.

Herr Bachmann war heute in der Geschäftsstelle und hat die Kasse geprüft. Dabei haben wir uns ein wenig über Herrn Schwarz unterhalten. Sie hatten keinen Kontakt.

Warum wollen Sie das wissen?

Unmöglich! Die waren zusammen auf dem Foto – die mussten sich kennen. Rasch tippte sie eine kurze Antwort.

Ich war neugierig. Die beiden sind Mitglied im gleichen Fußballverein ...

Da war die Spur, die sie verzweifelt gesucht hatten. Spontan kam Svenja eine verrückte Idee. Ohne zu zögern, rief sie das örtliche Telefonbuch im Internet auf. Die Telefonnummer war schnell herausgesucht und nach dem dritten Klingeln hob jemand ab.

»Schwarz«, blaffte eine Frauenstimme.

»Hallo, hier ist die Michaela aus Nils Klasse. Er geht nicht an sein Handy und ich habe eine Frage zu unseren Hausaufgaben. Kann ich ihn bitte sprechen?«, fragte sie mit verstellter Stimme. Svenja log nicht gerne, aber anders würde sie nicht an die gewünschte Information kommen. Aus dem Hörer erklang ein erleichterter Seufzer. Sicher wurde die Witwe von Reportern belästigt.

»Du hast Pech gehabt. Er ist beim Fußballtraining, das geht bis sieben. Ich sage ihm Bescheid und er wird sich später bei dir melden.«

»Das brauchen Sie nicht«, versicherte Svenja sofort. »Ich

kann den Daniel fragen. Vielen Dank und einen schönen Abend.« Das ging ja einfacher als erwartet. Ein schneller Blick auf Google Maps: Mit den Öffis waren es keine zwanzig Minuten bis zum Fußballplatz. Sie schnappte sich die Sonnenbrille und machte sich auf den Weg.

15

Zu Hause in seiner Wohnung saß Jens auf der Couch und ärgerte sich immer noch. Warum war er bei der Verabschiedung zusammengezuckt wie ein ängstliches Kaninchen, als Frau Bach die Arme ausgestreckt hatte.

Die neuesten Entwicklungen gefielen ihm überhaupt nicht und stimmten ihn nachdenklich. Einen Dieb zu jagen, war das eine, aber einen Mörder? In ihm sträubte sich alles dagegen und sie durften unter keinen Umständen ein Risiko eingehen. Frau Bach hingegen schien sich voller Begeisterung in das Abenteuer stürzen zu wollen. Hoffentlich machte sie nichts Unüberlegtes und brachte sich in Gefahr.

Die Spuren, die sie gefunden hatten, führten zum Verein. Ein weiterer Punkt, über den er sich ärgerte: Warum hatte er sich die Konten nicht eher angesehen. Dadurch war ihm das Offensichtliche entgangen. Im Internet recherchieren konnte er von zu Hause aus. Der Internetauftritt des Vereins war schnell aufgerufen und er scrollte langsam durch die Seite. Unter Spaß stellte er sich was anderes vor.

Das Handy vibrierte und er nutzte die willkommene Ablenkung. Frau Bach hatte ihm eine Nachricht geschickt. Verwundert beantwortete er die Frage und wartete auf ihre Rückmeldung. Es dauerte und er sah sich in der Zwischenzeit die Mannschaftsfotos an. Kurz darauf kam ihre Antwort – das ließ ihn stutzig werden. Warum wollte sie das von Herrn Bachmann wissen? Es war kein Geheimnis, aber ihn interessierte der Grund für ihre Neugierde.

Geduld war nicht seine Stärke und er schaute weiter Fotos an. Auf einem davon entdeckte er Nils – perplex hielt er inne – den Mann neben ihm erkannte er auf der Stelle. Mit einem breiten Grinsen im Gesicht starrte Herr Bachmann in die Kamera. Und der wollte Herrn Schwarz nicht gekannt haben? Jetzt ergab Frau Bachs Nachricht Sinn und er schrieb ihr eilig.

Wo sind sie gerade, Frau Bach?

Die Antwort kam wenige Sekunden später.

Ich bin auf dem Weg zum Fußballplatz und werde mir ein Spiel anschauen, Chef.

Mit ihren Sperenzchen trieb sie ihn langsam, aber sicher in den Wahnsinn. Er rief sie an.

»Frau Bach, Sie …«

»Mensch Chef, ich bin vorsichtig«, unterbrach sie ihn ungeduldig. »Der Nils ist beim Training und hat vielleicht was mitbekommen. Ich möchte mich ein wenig umhören. Nach ein paar Bierchen werden die Altherren gesprächig.«

»Das ist zu riskant!«, widersprach er. Auf keinen Fall sollte sie sich dort allein herumtreiben und mit Fragen Aufmerksamkeit erregen. Verhindern konnte er das leider nicht, es sei denn … »Sie warten und ich komme zu Ihnen.«

»Und dann stellen wir gemeinsam Nachforschungen an?«

Himmel hilf, warum war er mit so einem Dickkopf gestraft. »Das diskutieren wir nicht am Telefon aus. Einverstanden?«

»Ist ja gut«, nörgelte sie. »Aber beeilen Sie sich, das Training ist um sieben vorbei und ich will Nils nicht verpassen.«

»Ich bin schon auf dem Weg«, rief er ins Handy und legte auf. In aller Eile zog er sich um und wechselte in eine bequeme Jeans. Danach rannte er in den Keller, wo das Fahrrad aufbewahrt war. Für die Sommersaison hatte er es extra auf Vordermann gebracht. Ursprünglich wollte er damit jeden Tag zur Arbeit fahren und so in Form kommen. Bis zum heutigen Tage hatte er das Vorhaben nicht in die Tat umgesetzt und immer wieder eine Ausrede gefunden. Mit Google Maps, eine praktische Erfindung, wie er gestehen musste, ließ er sich die Route anzeigen. Trat er ordentlich in die Pedale, kam er hoffentlich vor ihr an.

Keuchend vor Anstrengung und mit schweißnasser Stirn erreichte er eine halbe Stunde später den Fußballplatz. Erleichtert entdeckte er Frau Bach, die beim Eingang zum Vereinsgelände auf ihn wartete.

»Na endlich«, begrüßte sie ihn ungeduldig. »Ich war drauf und dran, ohne Sie loszugehen.«

Ich bin jetzt da«, japste er und streckte vorsichtig den schmerzenden Rücken. Sein Kopf war sicher knallrot und das Herz schlug ihm bis zum Hals.

Sie musterte ihn besorgt. »Kriegen Sie ja keinen Herzinfarkt, Chef. Ein Toter reicht mir.«

»Mir geht es schon besser«, log er. Sie marschierte zielstrebig los und er hastete hinterher. »Warten Sie einen Augenblick. Was genau haben wir hier vor?«

»Wir sehen uns etwas um und ich suche Nils. Möglich, dass er etwas im Verein mitbekommen hat. Wenn das nichts bringt, lasse ich meinen Charme bei den alten Herren spielen und spendiere denen ein Bier.«

»Wir sollten abwarten und die Polizei die Nachforschungen machen lassen«, erklärte Jens.

Frau Bach sah ihn zweifelnd an. »Die informieren garantiert zuerst den Vorstand und der wird es vertuschen. Nein Danke! Ich ziehe das jetzt durch und lasse mich nicht davon abbringen. Helfen Sie mir oder nicht?«

Was für eine leichtsinnige und dumme Idee, dachte Jens. »Ich begleite Sie«, entschied er. Hoffentlich konnte er so Schlimmeres verhindern.

»Nichts da, Chef«, verkündete sie zu seiner Überraschung. »Wenn Nils Sie sieht, sucht der direkt das Weite. Deshalb gehen Sie ins Vereinslokal und erholen sich ein wenig von den Strapazen. Trinken Sie ein paar Bierchen und hören Sie sich dabei unauffällig um.«

Im letzten Augenblick verkniff er sich eine Erwiderung auf die unverschämte Behauptung. Zugegebenermaßen hatte sie wahrscheinlich recht. Alle Zusammentreffen mit dem Jungen waren katastrophal verlaufen. Aber eine Pause war genau das richtige. Von der Strampelei hatte er einen staubtrockenen Mund und benötigte dringend etwas zu trinken. »Passen Sie auf sich auf und machen bitte keine Dummheiten.«

Frau Bach zeigte den Daumen hoch und marschierte Richtung Fußballplatz. Er ging nach rechts zum Vereinsheim, was nicht zu übersehen war, und den wenig kreativen Namen ›Zum Turnschuh‹ hatte.

Das Innere des weißen Gebäudes war hell und freundlich eingerichtet. Wie in einem Sportverein üblich standen auf den Regalen Pokale und an den Wänden hingen Dutzende Urkunden. Hinter dem Tresen putzte eine Frau, mit halblangen blonden Haaren, Gläser. Jens entdeckte mehrere Senioren mit dem klassischen Männergedeck aus Bier und Korn. In der Luft lag der Geruch von frisch gebratenen Frikadellen und sein Magen meldete sich grummelnd zu Wort. Gegen eine kleine Stärkung gab es nichts einzuwenden. Mit einem kurzen Nicken grüßte er in die Runde und setzte sich an den Tresen. Von der Position konnte er alles unauffällig im Blick behalten und hoffentlich Anschluss finden.

»Zwei Frikadellen und ein Helles bitte.«

»Sonst noch was?«, fragte die Bedienung, die in seinem Alter zu sein schien, recht unfreundlich. Während sie das Bier zapfte, herrschte im Raum Totenstille. Irritiert sah Jens sich um. Die anwesenden Männer beobachteten ihn mit undeutbaren Mienen. Bei der Stimmung würde er sicher nichts herausfinden. Mit der Hand machte er eine Geste zu den anderen Gästen. »Für alle einen Korn bitte, auf meinen Deckel.«

Der alte Mann mit den blutunterlaufenen Augen, rechts

von ihm, grummelte zustimmend und zeigte ein lückenhaftes Lächeln. Die Bedienung zog skeptisch eine Augenbraue hoch und verschränkte die Arme vor dem üppigen Busen. Bestätigend nickte Jens und sie holte die Pinnchen aus dem Regal. Im Nu war der Schnaps eingeschenkt und an die alten Männer verteilt.

»Worauf trinken wir, Jüngchen?«, wollte der Mann wissen.

»Auf Ingo Schwarz«, sagte Jens. Offensichtlich hatte er das Falsche gesagt, denn ihm wurden von allen Seiten böse Blicke zugeworfen.

»Ich hab' dich hier noch nie gesehen, woher kanntest du den Ingo?«, kam prompt die Rückfrage. Die Aussprache war leicht verwaschen, er hatte eine Alkoholfahne und hing wie ein nasser Sack auf dem Stuhl.

Gespannt schienen alle auf eine Antwort zu warten. In Anbetracht der Umstände entschied Jens sich, mit offenen Karten zu spielen. »Wir haben bei der Glückauf Bank eine Zeit zusammengearbeitet. Wirklich tragisch, was da passiert ist.«

Zustimmendes Gemurmel im Raum und die Gesichter entspannten sich merklich. Nacheinander hoben die Männer ihre Pinnchen und sie stießen gemeinsam an. Die Bedienung nickte ihm, dieses Mal viel freundlicher zu, und bereitete die Frikadellen vor.

»Da sagst du was«, schimpfte der alte Mann aus heiterem Himmel plötzlich los. »Diese verdammten Bänker haben ihn ruiniert. So ein vielversprechendes Jüngchen war der Ingo. Hat sich ordentlich reingehängt und sogar 'nen Lehrgang gemacht. Aber 'ne Chance hat er nicht gekriegt, weil er privat ein bisschen Stress hatte.« In einem Zug leerte er das Bierglas aus und rülpste laut.

»Ja«, stimmte Jens nickend zu. Der Senior schien gut informiert zu sein und war in Redelaune. Eine günstige Gelegenheit, die er nicht verstreichen lassen wollte. »Noch einen auf mich?«, fragte er.

Der Alte nickte und deutete auf das leere Pinnchen vor

Jens. »Ich bin der Horst und trinke nicht gerne allein.« Ohne mit der Wimper zu zucken, langte der über den Tresen und schnappte sich die Flasche. Großzügig füllte er auf.

An sich hatte Jens nicht vorgehabt sich zu betrinken, aber wenn er mehr Informationen haben wollte, blieb ihm nichts anderes übrig. »Angenehm, Jens Hader.«

»Ingo hatte damals ein bisschen Stress mit Janina, musst du wissen«, plauderte Horst munter weiter. »Bisschen Beziehungsdrama, weil er jeden Tag im Verein war. Hat sich negativ auf die Arbeit ausgewirkt. Er hatte ziemliches Theater deswegen und wurde dann in die Zahlungsverkehrsabteilung gesteckt.« Er schüttelte den Kopf und murmelte etwas Unverständliches.

»Woher wissen Sie das so genau?«, hakte Jens nach.

»Das hat den Ingo richtig runtergezogen. Der hatte sich Hoffnungen auf eine bessere Stelle gemacht, dann das«, mischte sich plötzlich die Bedienung in das Gespräch ein. »Der Verein hat ihm Halt gegeben. Er war jeden Abend hier. Wir sind eine große Familie und lassen niemanden im Stich!«

»Genau!«, meldete sich eine Stimme von der rechten Seite zu Wort. »Mach eine Runde vom guten Hausbrand fertig, Sandy!« Jens schielte sehnsüchtig auf die beiden Frikadellen, die außerhalb seiner Reichweite standen. Inzwischen fühlte er sich leicht betrunken, aber einen Rückzieher wollte er trotzdem nicht machen.

Die Runde wurde serviert. Mit dem Kopf in den Nacken trank er den Schnaps auf Ex. Die eiskalte Flüssigkeit brannte wie Feuer in der Kehle und er hätte sie fast wieder ausgespuckt. Röchelnd schnappte er nach Luft. Ein widerlicher Benzingeschmack breitete sich in seinem Mund aus und die Zunge wurde taub. Den Würgereiz bekam er mit Mühe und Not unter Kontrolle. Hastig griff er sich das Bierglas und lehrte es in einem Zug aus. Langsam ließ das Brennen nach und er konnte wieder atmen. »Was für ein Teufelszeug ist das denn?«

»Der herbe Tropfen ist Medizin und hilft gegen alle

Beschwerden. Ist er zu hart, bist du zu schwach«, erklärte die Bedienung mit amüsiertem Gesichtsausdruck.

Jens' Magen rumpelte lautstark und er musste mehrmals aufstoßen. Im Augenblick traute er sich nicht, etwas zu sagen und wartete ab. Die Umstehenden lachten schadenfroh und rissen Witze über seinen Zustand. Nach ein paar Minuten hatten sie genug von dem Spaß und kümmerten sich wieder um die eigenen Getränke.

Jens nickte der Frau zu. »Herr Schwarz hat sich hier sicher sehr wohlgefühlt.«

Zustimmendes Gemurmel und die nächste Runde Schnaps wurde ausgeschenkt. Der herbe Tropfen blieb dieses Mal im Regal und man kehrte zu Korn zurück. Jens nippte höflich daran und schielte ganz offen zu den Frikadellen. Endlich hatte die Bedienung Erbarmen und reichte ihm den Teller. Mit einer ordentlichen Portion Senf machte er sich über den Leckerbissen her.

»Die sind köstlich«, stöhnte er genüsslich. Danach warf er einen Blick in die Runde. »Herr Schwarz hat mir vor ein paar Tagen erzählt, dass er das Amt des Kassenwartes übernommen hat. Wissen Sie, weshalb?«

Aus heiterem Himmel starrten ihn die alten Männer, wieder einmal, grimmig an. Warum immer ich, fragte Jens sich stumm.

Horst beugte sich in seine Richtung und musterte ihn aus blutunterlaufenen Augen. »Weshalb willst du das wissen?«

16

Svenja ging zügig über den Fußballplatz und sah sich suchend um. Auf dem Schotterplatz kickten ein paar Kids herum, aber Nils war nicht dabei. Auf dem Rasenplatz war er auch nicht. Dafür kam ihr ein Junge im Trainingsanzug entgegen.

Sie lächelte ihn an. »Kannst du mir sagen, wo ich den Nils finde?«

Der Knirps ignorierte die Frage, blieb aber stehen. Ganz unverhohlen starrte er auf ihre lädierte Lippe und die übergroße Sonnenbrille.

»Und wie sieht der andere aus?«, wollte er wissen.

»Doppelt so schlimm wie ich!«

Ein Lächeln erschien auf seinem Gesicht und er deutete mit dem Arm zu einem lang gezogenen Haus mit Flachdach. »In der Umkleide, aber Mädchen dürfen da nicht rein.«

»Danke dir, ich werde draußen auf ihn warten.«

Vor dem Gebäude standen Eltern und warteten auf ihre Kinder. Es dauerte nicht lange, bis die Ersten neugierig glotzen und tuschelten. Svenja stellte sich an den Rand und hielt sich im Hintergrund. Von hier aus hatte sie den Ausgang gut im Blick. Fünf Minuten später kam Nils heraus. Eine Frau sprach ihn an, aber er schüttelte den Kopf und eilte schnell weiter. Stur starrte er geradeaus und ignorierte alles um sich herum.

Svenja überholte ihn rechts und drehte sich in seine Richtung. »Hi Nils.« Er wollte an ihr vorbei, aber sie versperrte ihm geschickt den Weg. Sichtlich irritiert blinzelte er sie an.

»Kennen wir uns?«

»Ich bin die Svenja, von der Bank, erinnerst du dich an mich?« Sie hob die Brille ein Stück hoch.

Er bekam große Augen und nickte in Zeitlupe. »Ja, aber ich muss jetzt nach Hause. Meine Mutter wartet. Sie verstehen ...«

»Warum so förmlich?«, fragte Svenja lachend. »In der Hauptstelle hast du mich immer geduzt.« Ein trauriger Ausdruck huschte über sein Gesicht und Nils tat ihr sofort leid. Bei ihrem letzten Treffen war er nicht so zurückhaltend gewesen. Womöglich war es besser, wenn sie an einen ruhigeren Ort gingen. »Ich habe einen trockenen Mund. Gibt es hier eine Bude in der Nähe, wo wir ein Eis oder eine Cola bekommen können?«

Sofort deutete Nils zu dem Vereinsheim. Schlechte Idee, dachte sie und schüttelte den Kopf. »Ne, nicht dorthin. Da hängen doch die ganzen alten Säcke ab. Gibt es hier nichts anderes in der Nähe? Ich lade dich zu einem Eis ein«, versprach sie ihm.

Er zögerte und wirkte unentschlossen. »Meine Mama hat gesagt: Ich darf nicht mit fremden Leuten mitgehen oder Geschenke annehmen«, erklärte er mit ernster Stimme. Dann stahl sich ein leises Lächeln auf seine Lippen. »Aber du hast Papa gekannt und ich erinnere mich an dich. Das wird schon in Ordnung sein.«

»Da bin ich mir sicher«, antwortete Svenja und zwinkerte ihm zu.

Nils kam an ihre Seite und zeigte nach rechts, wo der Parkplatz war. Sie folgten dem Weg rund zweihundert Meter und kamen zur Ausfahrt. Direkt hinter der Abzweigung gab es auf der gegenüberliegenden Straßenseite eine kleine Bude. Dort kaufte Svenja ihnen ein Eis, sie hockten sich auf den Bürgersteig und aßen schweigend. Wäre die Situation eine andere gewesen, hätte sie es mehr genießen können.

»Hier haben wir oft nach dem Training zusammen gesessen«, sagte Nils mit leiser Stimme.

»Du vermisst ihn sicher ganz doll. Mir fehlt er auch.«

Mit großen Augen sah der Junge sie an. »Du warst mit Papa befreundet?«

»Nein, aber wir haben uns gut verstanden und ich habe ihn gemocht«, erklärte sie.

Mit der Antwort schien er zufrieden zu sein. Er starrte auf die Straße vor seinen Füßen und kickte einen Kieselstein weg. »Mama hat gesagt, dass die Arschlöcher von der Bank schuld sind, dass Papa nicht mehr da ist. Sie weint viel und das macht mich traurig.« Dann zögerte er einen Augenblick und murmelte leise. »Ich glaube, es ist meine Schuld gewesen ...«

Mit einem Kloß im Hals legte Svenja ihm, beruhigend eine Hand, auf die Schulter. »Wie kommst du denn darauf?«

Von der Seite konnte sie sehen, dass seine Augen verdächtig glänzten. Er schniefte leise. »Wegen des Sparbuchs«, flüsterte er. »Herr Hader war wütend auf mich und danach wurde alles ganz schlimm ...«

Der Kloß, in ihrem Hals, wurde immer größer. Viel fehlte nicht und sie wäre in Tränen ausgebrochen. *Reiß dich zusammen, damit ist dem Kleinen nicht geholfen.* Sie drückte leicht seine Schulter und lächelte ihn aufmunternd an.

»Nein, es war nicht deine Schuld. Herr Hader hatte wegen eines Termines in der Hauptstelle schlechte Laune. Du hast nichts verbrochen.«

»... Aber mein Papa ...«, sagte er verunsichert.

»Ich glaube, er ist unschuldig«, erklärte Svenja.

Nils drehte sich mit hoffnungsvollen Leuchten in den Augen zu ihr um. »Das würde Mama glücklich machen.«

Sie lächelte leicht und nickte. »Mich auch. Um das zu beweisen, brauche ich deine Hilfe.«

»Und was soll ich tun?«, wollte er voller Tatendrang wissen.

Jetzt kam der schwierige Teil. Sie durfte mit ihrer Frage keinen falschen Verdacht erwecken. Nicht auszudenken, wenn Nils darüber reden würde und damit Aufmerksamkeit erregte. »Hatte dein Papa Streit mit jemandem oder anderen Ärger?«

Neben ihr zuckte Nils unmerklich zusammen und sah in eine andere Richtung. Nach einer Weile schüttelte er verunsichert den Kopf, sagte aber kein Wort. Etwas wusste er offensichtlich. Sie musste es auf jeden Fall herausbekommen, ohne ihn zu verängstigen oder unter Druck zu setzen.

»Du kannst mir vertrauen. Ich verrate niemandem etwas!«

Nervös spielte er mit seinen Fingern und sah ununterbrochen auf seine Füße. »Ist das wichtig?«

Svenja hielt nichts davon, Kinder anzulügen. Für manche Dinge und Sachverhalte waren sie zu jung, aber Nils war aufgeweckt und intelligent. Eine Lüge kam für sie nicht infrage.

»Vielleicht hilft es, die Unschuld deines Papas zu beweisen.«

»Herr Bachmann war wütend auf Papa.«

»Weißt du weswegen?«

»Ich glaube, weil Papa der neue Kassenwart war. Sie haben sich einen Abend nach dem Training in der Umkleide richtig doll gestritten.«

»Hast du gehört, worum es ging?«, hakte sie nach.

»Die beiden haben mich bemerkt und aufgehört. Herr Bachmann ist dann ganz schnell gegangen. Mehr weiß ich leider nicht.«

Nachdenklich starrte Svenja in den sommerlichen Abendhimmel. Mit einem Mal stutzte sie und erinnerte sich – Bachmann hatte an sich nichts mit der Buchführung des Vereins zu tun. Eine Vollmacht zu den Konten besaß er nicht. Das wäre ihr bei der Recherche aufgefallen. Warum also der Streit?

»Hat das geholfen?«, fragte Nils plötzlich.

»Ich glaube ja, danke, dass du mir es erzählt hast.«

Ein schüchternes Lächeln zeichnete sich auf seinem Gesicht ab. »Das ist gut. Mama wird begeistert sein, wenn ich es ihr erzähle.«

Svenja schüttelte bedauernd den Kopf. »Das bleibt vorerst unser kleines Geheimnis, Ehrenwort?«

»Was soll ein kleines Geheimnis bleiben?« Beim Klang der Männerstimme zuckte sie zusammen und sah erschrocken auf. Vor Ihnen stand ein Mann, um die fünfzig, im Jogginganzug, mit Kappe. Die kräftigen, durchtrainierten Arme hatte er vor der Brust verschränkt. Als sie nicht sofort reagierte, kam er drohend näher. »Wer sind Sie und was machen Sie hier mit Nils?«, brüllte er sie an.

Bei dem plötzlichen Ausbruch verlor Svenja die Fassung. »Ich ...«

»Melanie ist eine Freundin von Mama und hat mich zu einem Eis eingeladen. Alles in Ordnung, Herr Bachmann« kam ihr Nils zu Hilfe. Bei dem Namen fiel ihr die Kinnlade herunter. Sprachlos starrte sie den Revisor an, den sie erst nicht wiedererkannt hatte. Der hatte inzwischen das Interesse an ihr verloren.

»Ich habe dich überall gesucht«, meckerte er den Jungen an. »Beeil dich! Ich habe deiner Mutter versprochen, dich nach Hause zu bringen.«

Bevor Svenja widersprechen und sich einmischen konnte, war Nils aufgesprungen und verabschiedete sich mit einer Umarmung von ihr. »Ich verrate nichts«, flüsterte er ihr ins Ohr.

17

Wieder einmal war Jens mit Anlauf ins Fettnäpfchen gesprungen. Innerhalb eines Wimpernschlags schnappte sich Sandy den Teller mit der Frikadelle und funkelte ihn wütend an. »Du hast genug Fragen über Ingo gestellt. Es ist das Beste, wenn du jetzt gehst!«

Zustimmendes Gemurmel, Stühle wurden gerückt und die alten Männer kamen drohend näher. Sie waren zwar nicht mehr die rüstigsten, aber sie waren ihm zahlenmäßig überlegen. Auf keinen Fall wollte er eine Rangelei mit ihnen anfangen. Hastig stand er auf und hob beschwichtigend die Hände.

»Ich wollte nicht den Eindruck erwecken, dass Ingo Schwarz etwas Falsches getan hat. Im Gegenteil, ich kann mir einen Selbstmord nicht vorstellen und glaube nicht, dass er Geld gestohlen hat. Ich will seiner Familie helfen.«

Ein Dutzend Augenpaare starrte ihn ungläubig an, dann ging es plötzlich wie im Taubenschlag zu. Alle redeten durcheinander und es war nichts zu verstehen. In dem Chaos versuchte Jens vergeblich, sich Gehör zu verschaffen. Erst als Sandy mit der Glocke über dem Tresen läutete, kehrte langsam Ruhe ein. Sie hörte erst auf, als niemand mehr ein Wort sagte.

»Ihr haltet jetzt die Klappe!«, polterte sie los und drehte

sich zu Jens. »Was soll dieser ganze Quatsch mit Selbstmord? Wir dachten, es war ein Unfall.«

Etwas irritiert und verunsichert erzählte er die Informationen, die er aus der Personalabteilung erhalten hatte. Erst gab es verblüfftes Kopfschütteln, dann ungläubigen Widerspruch von allen Seiten.

»Der Ingo hat sich nicht umgebracht«, schimpfte ein alter grauhaariger Mann mit Brille, der mit einem Gehstock wild durch die Luft wedelte. »Die Familie war das Wichtigste in seinem Leben und die hätte er niemals im Stich gelassen!«

»Trotzdem ging es ihm nicht gut«, meldete sich eine Stimme zögernd aus dem Hintergrund zu Wort. Alle Köpfe drehten sich zu dem kleinen, schmächtigen Mann mit der Halbglatze. Nervös sah er sich um. »Der Stress auf der Arbeit hat ihm arg zugesetzt und sie hatten finanzielle Probleme. Das hat er immer erzählt, wenn er ein Bier zu viel hatte.«

»Das ist Blödsinn, Willi«, polterte Horst los. »Jeder von uns hätte ihm geholfen ...«

»Er wollte aber keine Hilfe«, beendete Willi den Satz. Das nahm den anderen den Wind aus den Segeln und sie stimmten widerwillig zu. »Er ist ein Sturkopf und hat stattdessen Pizza ausgefahren.«

»Schluss mit der Diskussion!«, meldete sich Sandy zu Wort. »Quatscht nicht über Dinge, von denen ihr keine Ahnung habt.« Nörgelnd kamen die Rentner der Aufforderung nach und es kehrte Ruhe ein. Jens setzte sich zurück an den Tresen. Dabei fiel sein Blick auf ein großes Glas mit Münzen und Geldscheinen. *Für Ingos Beerdigung* hatte jemand auf ein Stück Papier geschrieben. Er zückte seine Geldbörse und warf, ohne lange darüber nachzudenken, einen 50-Euro-Schein hinein. Er bemerkte, wie ihn Horst aufmerksam dabei beobachtete und plötzlich näher rückte.

»Das erzähle ich dir jetzt nur, weil du Ingo helfen willst und mir einen ausgegeben hast. Das darf aber nicht die Runde machen.«

»Ich werde es vertraulich behandeln«, versprach Jens.

»Der Vorstand wollte Ingo etwas unter die Arme greifen und ihm helfen. Der Kassenwart bekommt eine monatliche Entschädigung. Kein Vermögen, aber leicht verdientes Geld, also wurde er dazu ernannt.«

»Das war eine nette Geste«, sagte Jens.

»Ach, das habe ich doch gerne gemacht«, erklärte Horst großspurig mit einem betrunkenen Grinsen. »Ich habe das Geld nicht so nötig wie er und Ahnung von Finanzen habe ich ohnehin keine.«

»Das sind Vereinsinterna, die niemanden etwas angehen«, mischte sich Sandy ein und Horst machte ein schuldbewusstes Gesicht. Danach zeigte sie auf das leere Pinnchen vor Jens. »Nimmst du noch einen?«

Nein, wollte er nicht. Er konnte es nicht glauben, dass der betrunkene Rentner neben ihm der Kassenwart war. »Ich habe genug, aber die nächste Runde geht auf mich.« Danach bedankte er sich und bezahlte seinen Deckel. Ächzend erhob er sich und verließ die Kneipe. An der frischen Luft machte sich der Alkohol bemerkbar und stieg ihm sofort zu Kopf. Der letzte Schnaps war einer zu viel gewesen. Leicht benebelt sah er sich um und hielt Ausschau nach Frau Bach. Da er sie nirgends entdeckte, schlenderte er ziellos über das Gelände. Bei den Umkleidekabinen bog er Richtung Parkplatz ab und traf sie auf halbem Weg.

»Da sind Sie ja, ich habe sie überall gesucht«, begrüßte er sie überschwänglich.

Sie rümpfte die Nase und wedelte übertrieben mit der Hand vor ihrem Gesicht herum. »Sie stinken wie eine Schnapsfabrik. Hat sich der Einsatz wenigstens gelohnt, Chef?«

Prompt wurde er rot und räusperte sich umständlich. »Ich habe Nachforschungen angestellt und getrunken, um den Schein zu wahren. Ohne das hätte ich keine Informationen bekommen.«

»Aha«, antwortete sie. »Und was haben Sie herausgefunden?«

Kurz wiederholte er die Einschätzung der Rentner über den angeblichen Selbstmord. Frau Bach stieß einen triumphierenden Schrei aus, der schmerzhaft in seinen Ohren klingelte. »Das habe ich Ihnen sofort gesagt, Chef. Hier ist eindeutig was faul. Außerdem hat Nils einen Streit zwischen seinem Vater und dem Bachmann mitbekommen. Dem hat es nicht gepasst, dass Ingo Kassenwart geworden ist.«

»Er wurde ernannt, weil der Verein helfen wollte. Horst, den alten Kassenwart, habe ich vorhin getroffen. Ein Trinker, der sich nicht mit Finanzen auskennt. Ich bin geneigt, Ihnen zuzustimmen.«

»Das ist kein Zufall, Chef!«, erklärte Frau Bach. »Der Bachmann hat Dreck am Stecken, da bin ich mir sicher. Der hat außerdem vorhin einen ziemlich angefressenen Eindruck gemacht.«

»Wie bitte?«, fragte Jens perplex. »Sie haben ihn getroffen?«

»Er hat mein Gespräch mit Nils gestört und wollte ihn nach Hause fahren. Offen gestanden hat mir das überhaupt nicht gepasst, aber ich konnte nichts machen.«

»Hat er Sie erkannt?«

»Ne, ich hatte die Sonnenbrille auf und der Nils hat mir aus der Patsche geholfen.«

Gerade noch einmal gut gegangen, sagte sich Jens. Herzukommen war eine dumme Idee gewesen. Nicht auszudenken, wenn sie durch die unüberlegte Aktion die Aufmerksamkeit des Mörders weckten.

Frau Bach hatte recht: Das konnte kein Zufall sein. Am besten informierten sie schnellstmöglich die Kommissarin. Die Mühlen des Gesetzes mahlten zwar langsam, aber irgendwann würden sie den Täter dingfest machen. Davon war er überzeugt.

»Lassen Sie uns zu Herrn Yilmaz gehen und eine Kleinigkeit essen«, schlug er vor. Mit vollem Magen ließ es sich besser denken und sie konnten die Strategie besprechen.

»Ist das eine Einladung, Chef?«, fragte Frau Bach schmunzelnd.

Schicksalsergeben nickte er. Hauptsache es wurde nicht zur Gewohnheit und machte nicht die Runde in der Glückauf Bank. Ein Döner oder eine Currywurst waren das Richtige, um nüchtern zu werden. Aufs Fahrrad traute er sich in seinem Zustand nicht mehr. Stattdessen nahmen sie gemeinsam die Straßenbahn.

In der kleinen Imbissbude war nichts los. Der junge Inhaber begrüßte sie voller Begeisterung. Jens hing der Magen bis in die Kniekehle und er bestellte sich zu Frau Bachs Belustigung einen Bochum-Teller. Dönerfleisch mit Zaziki, dazu Currywurst und Pommes mit Mayo. Während er es sich auf einem Hocker gemütlich machte, holte sie zwei Bier aus dem Kühlschrank. Sie nahm einen großen Schluck und rülpste laut.

»Was ist der Bachmann denn für einer? Wir haben ihn kurz in der Ausbildungswoche kennengelernt und er war ein totales Ekelpaket. Voll der eingebildete Besserwisser. Was hat der genau mit dem Verein zu tun? Auf der Homepage steht Gönner und Freund, was alles bedeuten kann.«

Jens zuckte mit den Achseln. »Wenn ich das wüsste, würde ich es Ihnen verraten.«

»Warum fragen Sie mich nicht?«, mischte sich Herr Yilmaz ein, der den letzten Teil der Unterhaltung mitbekommen haben musste. »Er ist geizig wie ein Schotte, hat aber einen guten Riecher für Geldanlagen. Seit er sich um die Finanzen des Vereins kümmert, geht es endlich aufwärts.«

»Wie bitte?«, fragte Jens irritiert. »Horst war der Kassenwart, oder etwa nicht?«

»Dem kann man kein Geld anvertrauen. Das wird sofort in Alkohol investiert.«

»Jetzt erzähl schon, was da los ist«, Frau Bach zwinkerte dem jungen Mann übertrieben zu. So breit wie der daraufhin lächelte, fiel sogar Jens auf, dass er eine Schwäche für sie haben musste.

Herr Yilmaz setzte einen geheimnisvollen Blick auf und sah sich verschwörerisch um. »Der Horst war nur Kassenwart, weil dem sein Großvater den Verein gegründet hat. Er weiß nicht, was er tut und hat vor zwei Jahren oder so viel Geld in den Sand gesetzt. Sah nicht gut aus für den Verein. Der Bachmann hat dann seine Hilfe angeboten und alles gemanagt. Inoffiziell, wegen seiner wichtigen Position in der Bank.«

Frau Bach schnaubte abfällig, aber Jens ahnte den wahren Hintergrund. Vollmachten zu anderen Konten, selbst bei Eheleuten oder Eltern, mussten von der Personalabteilung genehmigt werden. Mit so einer Abmachung ließ sich das elegant umgehen.

»Woher weißt du das immer alles?«, fragte Frau Bach schmeichelnd.

Herr Yilmaz strahlte über beide Wangen bei dem zweifelhaften Lob. »Ingo war mit Horst hier und ich habe es zufällig gehört.« Ein schlechtes Gewissen, wegen der offenkundigen Lauscherei, hatte er aber nicht. »Von der Abmachung wussten nicht viele.«

»Worüber haben die beiden geredet?«, mischte sich Jens ungeduldig ein.

Nachdenklich kratzte sich Herr Yilmaz am Kinn. »Ingo wollte mit Bachmann über die Finanzen reden, weil Horst ihm keine einzige Frage beantworten konnte. Hilft das weiter?«

»Das tut es, du bist ein Schatz, Bilal!«, rief Frau Bach begeistert und sprang auf die Füße. Sie zog Jens am Arm auf die Beine. »Zahlen! Chef, der Spur müssen wir nachgehen«, flüsterte sie ihm ins Ohr.

Sein Magen protestierte grummelnd. Herr Yilmaz hörte es und packte das Essen zum Mitnehmen ein. Jens bezahlte und hinterließ ein großzügiges Trinkgeld.

Frau Bach schob ihn ungeduldig nach draußen und marschierte schnurstracks in Richtung Zweigstelle los. Die

Öffnungszeiten waren längst vorbei, aber das schien sie nicht zu interessieren.

»Warten Sie!«, rief er ihr hinterher. Ächzend setzte er sich in Bewegung und schob das Fahrrad neben sicher her. Als er sie endlich eingeholt hatte, keuchte er atemlos. »Die Filiale ist verschlossen und die Alarmanlage aktiv.«

Frau Bach rollte mit den Augen. »Sie haben einen Schlüssel, schalten Sie sie aus ...«

»Wenn ich das tue, bekommen es die Kollegen in der Zentrale mit und schicken den Sicherheitsdienst los. Wie wollen Sie unsere Anwesenheit um die Uhrzeit erklären?«

»Was machen wir dann?«, fragte sie genervt.

»Morgen früh treffen wir uns um 8:30 Uhr in der Zweigstelle und werfen einen Blick auf die anderen Vereinskonten. Bevor wir dann weitere Schritte unternehmen, sprechen wir mit der Kommissarin.« Die Entscheidung passte ihr überhaupt nicht und der unzufriedene Gesichtsausdruck sprach Bände. Darüber würde er nicht diskutieren. »Sie fahren jetzt brav nach Hause und bleiben dort! Keine Alleingänge mehr!«

Sie salutierte zackig. »Aye, aye, Chef.«

»Lassen Sie den Blödsinn. Ich mag Sie und will nicht, dass Ihnen etwas passiert«, rutschte es ihm raus. Ja, Alkohol macht gesprächig, ärgerte er sich prompt. Mit offenem Mund sah sie ihn verblüfft an. »Machen wir uns auf den Heimweg«, wechselte er rasch das Thema.

18

Svenja konnte sich ein zufriedenes Lächeln nicht verkneifen. Der Chef mochte sie und hatte es sogar ausgesprochen. Gewusst hatte sie schon länger. Aber um alle Formulierungen, die etwas über seine Gefühle verraten könnten, machte er einen riesengroßen Bogen. Nicht nur bei ihr, sondern bei jeder Gelegenheit. Jemand anderes hätte ihm ein romantisches Interesse unterstellt. Sie wusste es besser und freute sich über die Tatsache, dass er es laut zugegeben hatte. Daher widerstand sie der Versuchung, ihn damit aufzuziehen und hielt den Mund.

Während sie zur Straßenbahn gingen, warf sie ihm trotzdem heimliche Blicke zu. Der Chef sah stur geradeaus und ließ sich nichts anmerken. Es würde sie nicht verwundern, wenn er sich ärgerte, weil er sich verplappert hatte. Schlagartig besserte sich ihre Laune. Und das, obwohl es ihr nicht passte, die Nachforschungen für heute zu beenden. Sie waren dicht vor des Rätsels Lösung.

Allerdings hatte er mit seinen Einwänden recht. Traf man sie in der Zweigstelle an, würde das die Gerüchte befeuern und ›er‹ würde es erfahren. Das durfte auf keinen Fall passieren und für heute wollte sie die Füße stillhalten. An der Haltestelle trennten sich ihre Wege und sie fuhr zurück zu ihrer Wohnung. An der Straße, vor der Eingangstür, erwartete sie eine unangenehme Überraschung: Daniel stand wartend vor dem Haus. Erfreulicherweise war er mit dem Handy beschäftigt und bemerkte sie nicht. Hastig versteckte sie sich, hinter der nächsten Hausecke. Von dort beobachtete sie ihn und wartete ungeduldig ab. Sehr wahrscheinlich verschwand er bald.

Fünfzehn Minuten später verlor sie langsam die Geduld. Er stand immer noch da und machte keine Anstalten, endlich abzuhauen. Mit jeder Minute, die verging, wurde sie grummeliger und wütender. Na warte, dachte sie, in dem Spiel bin ich besser als du. Sie hockte sich kurzerhand auf den Boden und beschäftigte sich mit dem Handy.

Er hatte ihr etliche Nachrichten geschickt. Eine davon überflog sie kurz: Er entschuldigte sich für das, was passiert war und dem Zwischenfall beim Fest. Svenja schnaubte wütend und löschte alle anderen Texte ungelesen. Der Typ hatte Nerven. Leider hatte er auch Ausdauer. Eine Stunde später hockte sie immer noch auf dem Boden. So langsam reichte es ihr. Die Steine waren unbequem und sie wollte endlich in ihre Wohnung. Sie kam auf die Beine und marschierte erhobenen Hauptes geradewegs auf ihn zu. Daniel bemerkte das nahende Unheil, erst im letzten Augenblick, und sah sie überrascht an.

Mit dem Zeigefinger stieß Svenja ihm fest gegen die Brust. »Was fällt dir ein, hier aufzutauchen«, knurrte sie ihn wütend. »Du hast genug Schaden angerichtet und wir sind fertig miteinander!«

»Es tut mir leid ...« Er hielt inne und starrte in ihr Gesicht. »Was ist mit deiner Lippe passiert und was soll diese alberne Sonnenbrille?«

»Das ist deine Schuld!« Daniel riss die Augen weit auf und ließ urplötzlich die Schultern hängen. Wie ein Häufchen Elend stand er vor ihr und wusste nicht, was er zu dem Vorwurf sagen sollte. Für einen kurzen Augenblick tat er Svenja leid, aber sie musste das jetzt durchziehen. »Es ist passiert, weil du mich nicht in Ruhe lassen wolltest und die verdammten Gerüchte in die Welt gesetzt hast.«

Ruckartig richtete er sich auf. Seine grauen Augen blitzten hinter den Brillengläsern. »Damit habe ich nichts zu tun!«

»Blödsinn«, polterte sie dazwischen. »Es ging erst los, als ich unsere Bez …, als ich dich nicht mehr sehen wollte.« Fast wäre ihr das böse Wort Beziehung herausgerutscht, die sie niemals nicht gehabt hatten. Zumindest redete sie sich das ein.

»Ich war es nicht, das schwöre ich dir!«, beteuerte er.

»Wer soll es denn sonst gewesen sein? Außer uns wusste niemand etwas davon. Ich …« Er wich ihrem Blick aus und sah schnell weg. Das verriet ihn. »Mit wem hast du über uns geredet?«, fragte sie mit drohender Stimme.

»Mit niemandem. Aber vielleicht …«, brachte er zögernd hervor.

»Spuck es endlich aus!«

»Vor ein paar Wochen hatte ich einen Termin mit Herrn Schreiber. Wir haben über die Zukunft der Zweigstelle gesprochen und sind dabei zufällig auf deine Verkaufszahlen zu sprechen gekommen. Ich muss etwas Falsches gesagt haben, denn plötzlich wurde es komisch und er hat mich regelrecht verhört. Mehr war da nicht und ich habe kein Wort verraten.«

Das war der absolute Super-GAU. Ausgerechnet der. Svenja hätte sich am liebsten übergeben. Daniel machte einen Schritt in ihre Richtung. Entschlossen schubste sie ihn weg. »Bleib, wo du bist, und komm mir nicht zu nahe.«

Mit traurigem Gesichtsausdruck stoppte er. »Es tut mir leid. Ich will dir helfen.«

Das glaubte sie ihm sogar. Trotzdem war es dafür zu spät und das Unglück geschehen. »Du hast mir schon genügend geholfen. Mach es nicht noch schlimmer und lass mich in Ruhe. Geh bitte.«

Schweigend musterte er sie mit dem Welpenblick, bei dem sie immer schwach wurde. Nein, dieses Mal nicht, nahm sie sich vor. Nach einer Weile nickte er und ging langsamen Schritts zu seinem Auto. An der Tür drehte er sich ein letztes Mal zu ihr um. »Ich gehe, weil ich deine Entscheidung akzeptiere und dich liebe. Außerdem werde ich herausfinden, wer dir das angetan hat.«

Überrumpelt starrte Svenja ihn an und bekam kein einziges Wort heraus. Mit einem Mal hatte sie einen dicken Kloß im Hals. Daniel setzte sich in den teuren Audi und brauste auf der Unistraße davon. Fassungslos sah sie ihm hinterher. Bloß weg hier dachte sie und kramte hektisch nach dem Hausschlüssel. Mit zitternden Händen schloss sie die Tür auf und stürmte ins Haus. Kaum war sie im Flur, flossen die Tränen in Strömen. Halb blind rannte sie die Treppen hinauf und schaffte es in die Wohnung. In voller Montur warf sie sich aufs Bett und vergrub den Kopf schluchzend unter den Kissen. Mit ihrem unüberlegten Verhalten stolperte sie von einer Katastrophe in die Nächste. Erst das Drama mit dem Schreiber und danach die Geschichte mit Daniel. Wie zum Teufel konnte sie das jemals wieder in Ordnung bringen? Tief atmete sie durch. Ein Schritt nach dem anderen. Sie hatte die richtige Entscheidung getroffen, aber warum tat das nur so verdammt weh?

Am Dienstagmorgen wachte sie in aller Frühe vollkommen gerädert und erschöpft auf. Wie ein Zombie schlurfte sie in die Kirche und machte sich einen starken Kaffee zum Wachwerden. Gestern Abend hatte sie stundenlang wach gelegen, den Kopf voller düsterer Gedanken über ihre beschissene Situation. Die Schlafprobleme hatten schlagartig mit den Schwierigkeiten in der Ausbildung begonnen. Ingos Tod und die Prügel hatten es weiter verschlimmert. Wenn sie endlich schlafen konnte, plagten sie schreckliche Albträume und sie wachte mehrfach in der Nacht auf. So konnte es auf Dauer nicht weitergehen. Womöglich sollte sie den Chef doch um Hilfe bitten. Aber erst, nachdem der Dieb und Mörder gefasst war.

Die Aussicht auf die Nachforschungen verbesserte ihre

Laune ein wenig. Zügig machte sie sich fertig und warf einen Blick auf die Uhr. An sich war es zu früh, aber sie versuchte trotzdem ihr Glück. Mit dem Handy schickte sie dem Chef eine kurze Nachricht.

Schon wach?

Ungeduldig starrte sie auf das Display und wartete auf die Lesebestätigung. Endlich tauchten die hüpfenden Punkte auf, als er eine Antwort verfasste.

Hallo Frau Bach,
ich bin wach und auf dem Weg zur Arbeit.

Sie schnappte sich hastig ihre Sachen und machte sich auf den Weg.

19

Jens hatte in der Nacht kaum ein Auge zu bekommen, was ungewöhnlich war. Normalerweise schlief er wie ein Baby. Über die Gründe dafür wollte er nicht genauer nachdenken. Gähnend stand er im Badezimmer und betrachtete sein Gesicht im Spiegel. Er hatte deutlich sichtbare Augenringe. Die Ereignisse der letzten Tage hatten Spuren hinterlassen.

»Ich kenne dich nicht, aber ich wasche dich trotzdem«, murmelte er in Richtung Spiegelbild. In Rekordzeit machte er sich fertig und zog wie immer einen Anzug an. Ausnahmsweise verzichtete er heute auf die Krawatte. Auf dem Weg zur Straßenbahnhaltestelle dachte er über die neusten Entwicklungen nach. Inzwischen war er davon überzeugt, mit Herrn Bachmann den wahren Täter gefunden zu haben. Kommissarin Motz hatte einen hilfsbereiten Eindruck gemacht und würde hoffentlich helfen können. Ein letzter Zweifel blieb: Die Kundeninformationen durfte er ohne die Einwilligung des Vorstands und der Revision nicht an Dritte weitergeben.

In der Zweigstelle meldete er sich am Computer im Besprechungszimmer an und wartete ungeduldig auf Frau Bachs Erscheinen. Zehn Minuten später klingelte sie an der

Tür. Die junge Frau sah müde und erschöpft aus, was sich trotz Make-up nicht verbergen ließ.

Amüsiert musterte sie ihn an. »Sie sehen so aus, wie ich mich fühle, Chef«, sagte sie zur Begrüßung.

»Das Kompliment gebe ich gerne zurück. Lassen Sie uns nach hinten gehen.« Die Jalousien hatte er unten gelassen, aber trotzdem war es besser, wenn Frau Bach außer Sichtweite blieb. Sollte jemand überraschend vorbeikommen, konnte sie sich verstecken.

Sie hockte sich auf die Tischplatte und sah ihn erwartungsvoll an. »Wie lautet der Plan?«

»Wir sichern Beweise und stellen eine lückenlose Liste mit den betroffenen Konten und Beträgen zusammen.«

»Von allen?«

»Von allen«, bestätigte er. Das war eine unangenehme Fleißarbeit, weil sie jedes Konto einzeln aufrufen mussten, aber eine andere Möglichkeit fiel ihm nicht ein. In der IT-Abteilung anzurufen und um eine Auswertung zu bitten kam nicht infrage.

»Endloses Kopieren und Einfügen«, stöhnte Frau Bach übertrieben theatralisch. »Wir sollten außerdem eine Übersicht der Vereinskonten mit allen Vollmachten zusammenstellen. Und einen Blick in die Umsätze werfen. Ich wette, der Bachmann hat mit dem geklauten Geld die Finanzen des Vereins aufgebessert.«

»Gute Idee«, stimmte er zu. »Sie bleiben hier im Besprechungszimmer und ich gehe nach vorn an meinen Schreibtisch. Sollte unerwarteter Besuch auftauchen, lasse ich das Telefon einmal klingen.«

»Wird gemacht, Chef.«

»Warum sagen Sie eigentlich immer noch Chef zu mir?« Das wollte er sie schon die ganze Zeit fragen. In den ersten Wochen hatte sie ihn beim Nachnamen angesprochen und war dann später zu dem Spitznamen gewechselt. Inzwischen war er aber nicht mehr ihr Vorgesetzter.

»Sie sind eine Respektsperson, Herr Hader«, antwortete sie schmunzelnd.

Plötzlich kam er sich fürchterlich alt und langweilig vor. Sein Vater, der bei der Bundesknappschaft als Abteilungsleiter gearbeitet hatte, war eine Respektsperson gewesen. Aber er? Nun gut, er hatte seine Antwort bekommen und musste mit dem Ergebnis leben. Frau Bach druckte die Sammelbuchungen aus und sie teilten den Stapel gleichmäßig auf.

Es war eine Arbeit für jemanden, der Vater und Mutter erschlagen hatte. Zuerst das Konto aufrufen, die Nummer in die Excel-Liste kopieren und die Beträge ergänzen. Danach Bildschirmfotos von den wichtigsten Details machen und in ein Word-Dokument übertragen. Und wieder von vorn. Manche der Schritte musste er mehrfach wiederholen, weil er sich mit den Tastenkürzeln zu ungeschickt anstellte. Nach einer knappen Stunde lehnte er sich im Schreibtischstuhl zurück und gönnte seinen Augen eine kleine Pause.

»Ich arbeite mir die Finger wund und Sie schnarchen hier, Chef«, erschreckte ihn Frau Bach plötzlich. Sie wedelte mit einem Stapel Papier vor seiner Nase herum. »Die ersten hundert Konten sind fertig. Das sollte doch für den Anfang reichen, den Rest können dann die Profis machen.«

»Ja, damit haben Sie sicher Recht«, gab er zu. Unvollständige Arbeit abzuliefern gefiel ihm nicht, aber stundenlang Kontonummern zu kopieren war Zeitverschwendung.

»Ich habe einen Blick auf die Vereinskonten geworfen. Es gab in der Vergangenheit regelmäßig Bareinzahlungen auf die Konten des Vereins. Raten Sie mal, wer die Belege unterschrieben hat?«

»Horst?«

»Bingo, Chef. Ich schätze, jetzt ist die perfekte Gelegenheit, die Kommissarin anzurufen und ihr das Ergebnis unserer Nachforschungen mitzuteilen.«

»Ja, da haben Sie recht«, stimmte er zu und griff nach dem Hörer. Zuerst wählte er die dienstliche Telefonnummer und erfuhr, dass sie einen Tag Urlaub hatte. Obwohl die Angelegenheit wichtig war, zögerte er mit dem privaten Anruf.

Frau Bach rollte mit den Augen »Worauf warten Sie, Chef? Sie hat Ihnen die Privatnummer nicht ohne Grund gegeben. Außerdem geht es hier um Mord!«

Er gab sich einen Ruck und tippte die Nummer ein. Nach dem dritten Klingeln nahm sie das Gespräch entgegen.

»Motz ...«

»Hallo Kommissarin Motz, Jens Hader am Apparat. Bitte entschuldigen Sie die Störung, erinnern Sie sich an mich?« Blitzschnell beugte sich Frau Bach vor und stellte das Gespräch auf laut. Grinsend zwinkerte sie ihm zu.

»Aber natürlich, der Selbstmord im Stadtpark. Ich hatte gar nicht mehr mit Ihrem Anruf gerechnet. Aber sagen Sie ruhig Christin zu mir. Wie kann ich Ihnen helfen?«

Die überaus freundliche Begrüßung und das Angebot brachten ihn aus dem Konzept. Er runzelte irritiert die Stirn. Prompt bekam er einen Stoß in die Rippen und Frau Bach machte eine auffordernde Handbewegung. Dadurch verlor er völlig den Faden. Die junge Frau griff sich ein Blatt Papier und kritzelte etwas darauf. Blinzelnd versuchte er die Worte zu entziffern:

EINLADUNG ZUM KAFFEE NICHT VERGESSEN!!!

Entschieden schüttelte er den Kopf.

»Sind Sie noch da, Herr Hader?«, kam es aus dem Telefonhörer.

»Bitte entschuldigen Sie, ich war kurz abgelenkt. Das Telefon ist auf laut gestellt und die Kollegin hört mit.«

»Sie sind nicht allein?«, fragte die Kommissarin skeptisch.

»Ja, Frau Bach ist bei mir ...« Mitten im Satz brach er ab, weil die Auszubildende heftig den Kopf schüttelte und sich mit der flachen Hand gegen die Stirn schlug.

»Ich verstehe.« Die Antwort war hörbar reservierter und die Herzlichkeit aus der Stimme verschwunden. Anscheinend hatte er, wie so häufig im Umgang mit Frauen, etwas Falsches gesagt. Das war im Augenblick aber Nebensache.

»Es geht um den Diebstahl. Wir haben ein paar Nachforschungen angestellt. Jemand hat im großen Stil seit Jahren Kundengelder gestohlen. Und …«

»Ja, das wurde uns von der Glückauf Bank bestätigt«, unterbrach ihn die Kommissarin ungeduldig. »Die Beweise sind eindeutig: Herr Schwarz ist der Täter. Der kann aber nicht mehr zur Verantwortung gezogen werden, weil er Selbstmord begangen hat. Damit ist der Fall für uns erledigt.«

»Ingo ist dem wahren Dieb auf die Spur gekommen und wurde deshalb umgebracht«, platzte Frau Bach dazwischen. »Der Täter ist Herr …« Jens stand kurz vor einem Herzinfarkt, aber im letzten Augenblick korrigierte sie sich. »Ein anderer Mitarbeiter. Die beiden hatten über den Fußballverein Kontakt.«

»Haben Sie Beweise für die Behauptungen?« Kommissarin Moritz, klang sichtlich angenervt, daher übernahm Jens wieder das Gespräch. Detailliert erzählte er, was sie herausgefunden hatten. Am Ende der Schilderung wartete er gespannt auf eine Reaktion. Abgesehen von den gleichmäßigen Atemzügen, war aus dem Telefon nichts zu hören.

Nach einer endlosen Minute seufzte die Kommissarin leise. »Ich weiß ihren Einsatz und die Bemühungen zu schätzen. Der Familie wäre geholfen, wenn sie Herrn Schwarz' Unschuld beweisen könnten. Leider sind mir zum jetzigen Zeitpunkt die Hände gebunden. Die Ermittlungen sind abgeschlossen. Ein öffentliches Interesse liegt nicht vor und der Vorstand der Glückauf Bank hat zugesagt, die gestohlenen Gelder zu ersetzen.«

»Und was ist mit dem Mord?«, mischte sich Frau Bach ungehalten ein.

»Dafür gibt es zu wenig Anhaltspunkte, aber einer der Betroffenen kann einen Strafantrag gegen den Verein stellen …«

Kein öffentliches Interesse? Bürokratische Republik Deutschland schimpfte Jens stumm. »Die Betroffenen sind alle tot oder nicht auffindbar. Können wir das nicht machen?«, wollte er wissen.

»Die Gesetze und Regularien sind eindeutig. Ich will Ihnen die Einzelheiten ersparen, aber wenn Sie niemanden finden, der bereit ist, den Strafantrag zu stellen, kann ich leider nichts machen.«

»Sie wollen einen Mörder entkommen lassen?«, mischte sich die sichtlich empörte Frau Bach wieder in das Gespräch ein.

»Im Zweifel für den Angeklagten«, sagte Kommissarin Motz mit verärgerter Stimme. »Und die habe ich nach ihrer Schilderung. Da wird mir jeder Staatsanwalt und Richter zustimmen.«

»Wie sieht es bei einem Geständnis aus?«

»Dann ist die Situation eine andere, aber kommen Sie nicht auf irgendwelche dummen Ideen, junge Frau.« Die Polizistin war stinksauer und machte keinen Hehl aus ihrer Verärgerung. »Gibt es sonst etwas, was ich für Sie tun kann, Herr Hader? Ansonsten würde ich das Gespräch jetzt gerne beenden.«

Jens bedankte sich freundlich und die Verbindung brach ab. Kaum hatte er den Hörer aufgelegt, sah ihn Frau Bach kopfschüttelnd an.

»Das haben Sie schön verbockt, Chef. Um das geradezubiegen, werden Sie sich ordentlich ins Zeug legen müssen.«

»Wie bitte?«, beschwerte er sich. »Reden Sie Klartext, wie immer habe ich etwas verpasst!«

Sie rollte mit den Augen, was sie perfekt beherrschte, und gestikulierte wild mit den Händen. »Christin hat mit einer Einladung zum Kaffee gerechnet und nicht mit einer Konkurrentin, die zuhört.«

»Sind sie nicht!«, versicherte er hastig.

»Das weiß ich, Chef. Die Polizistin aber nicht«, sagte Frau Bach lachend.

»Haben wir im Augenblick keine wichtigeren Sorgen?«,

beschwerte er sich. Die Diskussion führte zu nichts und er fühlte sich dabei unwohl.

»So leicht kommen Sie mir nicht davon«, ignorierte sie seinen Einwand.

Widerwillig gab er sich geschlagen und hatte danach hoffentlich seine Ruhe mit dem Thema. »Also gut: Warum beharren Sie auf dieser Einschätzung?«

»Sie haben einen guten Job und stehen mit beiden Beinen im Leben, Chef. Sie sind nicht geschieden und haben keine Kinder, für die sie Alimente zahlen müssen. Ein Psycho oder Massenmörder scheinen Sie auch nicht zu sein. Damit erfüllen Sie die wichtigsten Grundvoraussetzungen für ledige Frauen Mitte dreißig. Wissen Sie, wie viele verrückte Kerle da draußen herumlaufen?«

Skeptisch runzelte er die Stirn. »Sind Sie da nicht ein wenig unfair? Die Kommissarin hat einen recht sympathischen Eindruck auf mich gemacht.«

»Ja und hübsch ist sie außerdem. Aber, sie ist Polizistin«, widersprach Frau Bach. »Die Arbeitszeiten und -bedingungen sind der totale Beziehungskiller. Ich hatte kurz was mit einem Polizisten und es war die reinste Hölle!«

»Nehmen wir einmal an, Sie haben recht …«

Schnaubend grinste ihn Frau Bach an. »Natürlich habe ich recht, eine Frau hat das im Gespür.«

»Wie auch immer«, unterbrach er sie. Eine Diskussion über weibliche Intuition war das letzte, was er wollte. Er wollte einfach seine Ruhe haben. »Was würden Sie an meiner Stelle tun?«

»Nachdem wir den Fall gelöst haben, rufen Sie Christin an, entschuldigen sich für Ihr Benehmen und laden Sie zu einem Kaffee ein. Nicht in einen der billigen Läden, sondern etwas Gehobenes und Schickes. Und dann lassen Sie Ihren Charme spielen. Ich werde Ihnen vorher den einen oder anderen Tipp geben, damit Sie es nicht vermasseln.«

Das waren tolle Aussichten und als Dank würde sie ihn ausquetschen wie eine Zitrone und alles wissen wollen. War er mit den Jahren zum ahnungs- und hilflosen Deppen mutiert und bekam nichts mehr auf die Reihe? Anscheinend war der das. Allein bei dem Gedanken an die Verabredung spürte er ein drückendes Gefühl im Magen. Rasch verdrängte er es, dafür war später Zeit. Zuerst einmal mussten sie eine Möglichkeit finden, dem Täter das Handwerk zu legen, ohne sich in Gefahr zu begeben.

»Dann haben wir das geklärt«, sagte er. »Was meinten Sie vorhin mit dem Geständnis?«

»Wir stellen dem Bachmann eine Falle.«

Oh nein, das sollten sie tunlich unterlassen. Bevor er seinen Einwand anbringen konnte, läutete das Telefon. Jens warf einen Blick auf die Anzeige: ein interner Anruf. Wer störte denn jetzt schon wieder?

»Jens Hader, was kann ich für Sie tun?«

»Bachmann aus der Revision. Schön, dass ich Sie erreiche.«

Fast hätte er vor Schrecken das Telefon fallen gelassen. Warum rief der Kollege ausgerechnet jetzt an? Geistesgegenwärtig stellte er das Gespräch auf laut. Frau Bach sah ihn fragend mit großen Augen an.

»Das ist aber eine Überraschung, wie kann ich Ihnen helfen, Herr Bachmann?«

»Die Bundesbank hat bei der Hauptkasse angerufen. Bei der Ablieferung ihrer Geldbestände gab es einen Fehlbetrag.« Deutlich war das Rascheln von Papier im Hintergrund zu hören. Jens wartete ab. Differenzen kamen regelmäßig vor und immer waren die Mitarbeiter der Glückauf Bank schuld. Bei der Bundesbank wurden keine Fehler gemacht, hieß es jedes Mal. In der Realität sah das anders aus, aber darüber zu diskutieren war zwecklos. Die Revision schaltete sich jedoch nur dann ein, wenn es um eine höhere Summe ging. »Es waren 3.000 EUR zu wenig. Können Sie mir dazu etwas sagen?«

»Dreitausend?«, platzte Jens fassungslos heraus. Eine Differenz in der Höhe hatte es in der Zweigstelle bisher nicht gegeben. Die Summe bedeutete auf jeden Fall Ärger. Angestrengt dachte er nach, was passiert sein konnte. »Wo hat das Geld gefehlt?«

»In einem Bündel Hunderter. Ich habe die Unterschriften verglichen: Herr Maas hat die Scheine vorgezählt und Sie haben es mit der Azubine kontrolliert.«

Jens warf Frau Bach einen fragenden Blick zu. Mit skeptischem Gesichtsausdruck stand sie neben ihm und zuckte hilflos mit den Achseln. Da sie nur zu dritt in der Zweigstelle waren, zählte sie regelmäßig die Geldablieferungen nach. Während ihrer Ausbildung brauchte es einen weiteren Kontrolleur und das war er. Weil er aber seinen Mitarbeitern vertraute, machte er nur gelegentliche Stichproben. Auf jeden Fall wäre ihm aufgefallen, wenn in einem Bündel dreißig Scheine gefehlt hätten. Bei so einer Summe lag der Verdacht nahe, dass jemand die günstige Gelegenheit genutzt und das Geld gestohlen hatte. Weder beim Kassierer noch bei Frau Bach konnte er sich das vorstellen. Das machte ihn misstrauisch. Hatte Herr Bachmann ihren Besuch auf dem Fußballplatz mitbekommen und versuchte herauszufinden, was sie wussten?

»Kann es sich um einen Fehler handeln? Unter Umständen hat die Bundesbank ...«

»Die Bundesbank macht keine Fehler«, wurde er rüde unterbrochen. »In Anbetracht der Tatsache, dass Ihre Zweigstelle geschlossen wurde, müssen wir uns schnellstmöglich darum kümmern. Ich werde vorbeikommen.«

Alarmiert suchte Jens nach einer Ausrede. Auf keinen Fall wollte er, dass der Revisor hier auftauchte. »Ich gehe gleich kurz in die Pause und habe danach einen wichtigen Termin in der Hauptstelle.«

»Das muss warten, Herr Kollege, oder ist es Ihnen lieber, wenn ich den Vorstand über die Differenz informiere. Das bedeutet zusätzlichen Ärger für Sie und die Azubine. Wollen Sie das?«

Jens hasste es, auf so plumpe Art erpresst zu werden. Hin-

und hergerissen sah er zu Frau Bach. Sie nickte heftig mit dem Kopf und kritzelte hastig was auf ein Blatt Papier. Mit beiden Händen hielt sie es hoch:

Geständnis?

Das war eine dämliche Idee und mit einem zu großen Risiko verbunden. Nein, er musste Zeit schinden. »Können wir das ein wenig verschieben? Wann wollten Sie kommen?«

»Jetzt! Ich stehe vor der Tür und Sie können mich hereinlassen.« Im selben Augenblick läutete es und jemand klopfte polternd gegen die Scheibe. Jens zuckte erschrocken zusammen und sah hastig zu Frau Bach. »Los, verschwinden Sie ins Besprechungszimmer und geben Sie keinen Mucks von sich. Ich versuche, ihn abzuwimmeln.«

Sie zögerte, nickte dann aber und eilte nach hinten. Das Klopfen an der Tür wiederholte sich: dieses Mal lauter und länger. Jens holte tief Luft. Dass Herr Bachmann hier war, um die angebliche Differenz zu prüfen, glaubte er keine Sekunde. Abgesehen von den Rechnern stand hier nichts mehr. Die Belege waren in der Hauptstelle und der Tresor leer. Der Kollege hatte etwas anderes im Sinn.

Jens öffnete die Tür, einen Spaltbreit, und sah sich kurz um. Der Revisor war allein und hatte eine Aktentasche unter dem Arm.

»Das ist ein äußerst ungünstiger Zeitpunkt. Ich war gerade auf dem Sprung und wollte in die Personalabteilung.«

Herr Bachmann verzog, sichtlich verärgert, das Gesicht. »Die Zeit drängt! Je länger wir damit warten, desto zeitaufwendiger wird es. Wir können das jetzt schnell und unkompliziert klären oder ich muss meinen Abteilungsleiter einschalten. Es liegt bei Ihnen.«

Jens kniff bei der unverhohlenen Drohung die Augenbrauen zusammen. In Gedanken ging er kurz die Optionen durch und traf eine Entscheidung. »Rufen Sie ihn bitte an.«

Den Revisor verzog keine Miene und zuckte nur mit den Achseln. Aus der Tasche holte er sein Handy heraus und wählte eine Nummer.

»Ich bin vor der Zweigstelle Am Kortländer und Herrn Hader möchte mich nicht hereinlassen«, sprach er in den Hörer. Kurz darauf nickte er. »Ja, das mache ich gerne.« Mit einem zufriedenen Grinsen im Gesicht reichte er Jens das Handy.

Ein schneller Blick auf die Nummer. Ja, die stimmte. Kaum hatte er sich gemeldet, polterte der Abteilungsleiter der Revision los. »Sind Sie von allen guten Geistern verlassen? Die Welt geht unter und Sie veranstalten einen solchen Affenzirkus. Auf der Stelle werden Sie mit dem Kollegen nach der Differenz suchen! Ihr Verhalten wird Konsequenzen haben!«

Jens bekam nicht einmal die Chance zu reagieren, so schnell war das Gespräch beendet. Um seine Karriere machte er sich im Augenblick die geringsten Sorgen. Mit dem vermeintlichen Mörder wollte er nicht allein in der Zweigstelle sein. Doch was tun? Jens konnte ihm den Zutritt verweigern – damit verriet er sich aber. Der einzige Trumpf in der Hand war Frau Bach im Besprechungszimmer. Unbemerkt konnte sie beobachten und im Notfall die Polizei alarmieren.

Herrn Bachmann ging das zu langsam. Unsanft schob er Jens beiseite und marschierte schnurstracks in die Kassenhalle. Kurz sah er sich um und steuerte zielstrebig auf den Schreibtisch auf der linken Seite zu. Dort legte er die Aktentasche ab und sah auf den Monitor. »Was machen Sie denn da Schönes?«, fragte er plötzlich.

Mist schoss es Jens durch den Kopf. Die Kontoabfragen und die Listen waren immer noch geöffnet. Wie ein geölter Blitz spurtete er zu seinem Platz. Im Stehen schloss er hektisch die Programmfenster. »Ich habe Termine mit Kunden abgearbeitet. Nichts Wichtiges«, log er.

Herr Bachmann runzelte kurz die Stirn. »Was die Kassendifferenz betrifft, muss ich mit der Azubine sprechen. Wo wohnt Sie?«

»Tut mir leid, das hat Sie mir nicht verraten.« Jens lächelte, obwohl ihm nicht danach zumute war. Die Situation wurde immer unangenehmer und er versuchte, die Ruhe zu bewahren.

Der Blick des Revisors wanderte wieder zu dem Computer. »Was haben Sie mit dem FC Vorwärts zu tun?«

Die ersten Schweißperlen bildeten sich auf Jens' Stirn und sein Herzschlag setzte für einen Augenblick aus. Verzweifelt suchte er nach einer Ausrede. »Welchen Fußballverein?«, fragte er, um Zeit zu schinden.

»Den Sie gerade aufgerufen haben. Ich habe es gesehen.«

»Wie ich schon sagte, ging es um Termine. Herr Schwarz hatte mich darum gebeten.« Eine bessere Lüge fiel ihm im Augenblick nicht ein.

»Das macht mich neugierig«, ließ Herr Bachmann nicht locker. »Ich dachte, Sie kennen sich kaum. Außerdem betreuen Sie den Verein nicht, soweit ich es weiß. Lassen Sie mich mal sehen, was Sie da treiben.«

Verdammt, Jens saß in der Falle! Hektisch drehte er sich zum Computer und tat geschäftig. Er hatte keine Idee, wie er aus der Nummer rauskommen sollte. »Ich ...«

Der Revisor redete ungerührt weiter. »Warum waren Sie mit der Azubine auf dem Fußballplatz und haben Fragen über Ingo gestellt? Erklären Sie mir das bitte.«

Er weiß Bescheid, dachte Jens in heller Panik und drehte sich um. »Ich ...«

Erschrocken riss er die Arme hoch, aber er war zu langsam. Mit voller Wucht knallte ihm der Briefbeschwerer gegen die Schläfe. Ihm wurde schwarz vor Augen und die Lichter gingen aus.

20

Svenja lauschte angestrengt an der angelehnten Tür. Die Entfernung war zu groß und sie schnappte nur unvollständige Wortfetzen auf. Es ging um den Fußballverein. Verdammte Axt, warum mussten die so flüstern? Sie hockte sich hin und linste vorsichtig in die Kassenhalle. Der Chef machte etwas am Rechner und bekam daher nicht mit, wie Bachmann nach dem Briefbeschwerer griff.

Scheiße, fluchte sie stumm. Hilflos musste sie mitansehen, wie der Mistkerl zuschlug. Herr Hader stürzte wie ein gefällter Baum mit einem dumpfen Aufprall auf den Boden. Der Bachmann packte ihn am Kragen und zerrte den reglosen Körper Richtung Treppen.

Oh Gott, hoffentlich lebte der Chef noch. Etwas musste sie tun. Entschlossen sah sie sich im Raum um und suchte nach etwas, was sie als Waffe benutzen konnte. Aber da war nichts! Mit einem Aktenordner konnte sie ihn nicht außer Gefecht setzen. Ein Überraschungsangriff mit bloßen Fäusten schied aus. Dem Wichser war sie körperlich nicht gewachsen. Ihr Blick fiel auf das Telefon: Damit konnte sie die Polizei rufen. Mit Verzögerung erinnerte sie sich an ihr Handy. Beweise, sie brauchte unbedingt Beweise. Mit nervösen Händen startete sie die Video-App. Der Spalt an der Tür zeigte in die falsche Richtung und das Schlüsselloch war zu klein.

»Warum musstest du deine Nase in Angelegenheiten stecken, die dich nichts angehen?«, hörte sie Bachmanns Stimme deutlich. Das brachte sie auf eine Idee. Rasch öffnete sie die Audio-App, aktivierte die Aufnahme und platzierte das Handy am Türrahmen. Das sollte hoffentlich Beweis genug sein. Sie riskierte einen kurzen Blick. Der Chef lehnte inzwischen aufgerichtet am Treppengeländer. Die Brust hob und senkte sich langsam. Er war am Leben und Svenja fiel ein Stein vom Herzen. Bachmann ging nach links und verschwand aus ihrem Blickfeld.

Sie hastete zum Telefon und wählte mit zitternden Fingern die Nummer des Notrufs. Leise flüsternd, erzählte sie dem Mann am anderen Ende der Leitung, was passiert war und wo sie sich befand. Er war sehr hilfsbereit und versprach sofort Hilfe zu schicken. In zehn Minuten würde der Streifenwagen eintreffen, schneller ging es leider nicht. Leise legte sie auf.

Bis die Polizei hier war, dauerte es zu lange. Außerdem war die Tür sicher wieder verschlossen. Hastig eilte sie zum Beobachtungsposten an der Tür und schnappte sich das Handy.

Bachmann stand kopfschüttelnd neben ihrem Chef. »Du bist genauso ein Trottel wie Ingo. Hast du ernsthaft geglaubt, ich bekomme von der Schnüffelei nichts mit?« Er zerrte den Bewusstlosen mit den Beinen in Richtung Treppe. »Der Umstand, dass du gestern auf dem Fußballplatz mit den alten Säcken gesoffen hast, macht es mir deutlich einfacher.«

Mit einem Taschentuch holte er aus einer Aktentasche, die er geholt haben musste, als sie telefoniert hatte, eine Flasche Korn heraus und öffnete sie. Mit Gewalt flößte er dem Chef davon etwas ein und verteilte den Rest großzügig auf dem Anzug. Scheiße! Der Mistkerl wollte ihn die Treppen herunterwerfen. Den Sturz würde der Chef nicht überleben und wegen des Alkohols würde es wie ein Unfall aussehen. Das musste sie auf jeden Fall verhindern. Svenja stopfte das Handy in die Hosentaschen. Tief holte sie Luft und riss schwungvoll die Tür auf.

»Warum tun Sie das?«

Bachmann zuckte heftig zusammen und fuhr zu ihr herum. Ein Lächeln erschien auf seinem Gesicht. »Sieh an, sieh an. Das kleine Azubi-Flittchen ist mit von der Partie. Ich bin erfreut, dich zu sehen.« Wie ein Wolf fletschte er die Zähne und machte zwei Schritte nach vorn.

Hastig wich sie zur Seite. »Halt!«, schrie sie ihn an. »Ich habe die Polizei gerufen.«

Mit einem gelangweilten Gesichtsausdruck zog er eine Augenbraue hoch und lachte dann schallend. »Mit der Baustelle wird es eine Weile dauern, bis die hier sind. Außerdem ist die Tür abgeschlossen und der Schlüssel steckt von innen. Genug Zeit für mich.«

Instinktiv sah sie zu der Tür und erschrak – es stimmte. Aus dem Augenwinkel nahm sie eine Bewegung wahr. Bachmann hatte die Ablenkung genutzt und ihr den Fluchtweg abgeschnitten. Scheiße, sie saß in der Falle. Der einzig freie Weg führte nach oben in den Pausenraum und von dort kam sie nicht weg. Ruhig bleiben und Zeit schinden, wiederholte sie die Worte in Gedanken wie ein Mantra.

»Warum haben Sie die Diebstähle begangen und Ingo umgebracht?«

»Natürlich könnte ich das verraten«, antwortete er und rieb sich langsam das Kinn. »Aber das ist im Augenblick eine schlechte Idee, findest du nicht?« Irritiert schüttelte sie den Kopf. Meinte der Idiot das ernst?

»Ich …« Weiter kam sie nicht. Bachmann sprintete los und überwand die Distanz zwischen ihnen in rekordverdächtiger Zeit. Mit der Faust verpasste er ihr einen Schwinger gegen das Kinn und sie sah Sterne. Der Raum drehte sich und sie stürzte benommen zu Boden.

Am Rande bekam sie mit, wie er mit Kabelbindern ihre Hände und Füße fesselte. Als sie wieder einigermaßen klar denken konnte, lehnte sie am Treppengeländer und ein Stofffetzen steckte in ihrem Mund. Zwei Schritte entfernt stand Bachmann. Mit einem zufriedenen Grinsen sah er zu ihr herunter.

»Jetzt verrate ich dir gerne, wie es dazu kommen konnte«, erklärte er großzügig.

Svenja schüttelte benommen den Kopf und zerrte an den engen Plastikbändern. Sie saßen bombenfest. Unmöglich, sich davon zu befreien. Nicht einmal diesen verdammten Knebel bekam sie aus dem Mund.

»Ich habe eine kleine Schwäche für Poker. Nicht diese Kleingeldspiele, die man im Casino oder auf den Online-Plattformen findet. Nein, ich ziehe die privaten Runden vor, in denen es um das große Geld geht. Pokern ist kein Glücksspiel, wie allgemein behauptet wird. Es ist Mathematik und die Kunst, seine Gegner zu lesen. Mit Disziplin und Money Management kann man ein Vermögen verdienen.«

Svenja schnaubte. Immer schön brav weiterreden, die Polizei wird bald hier sein und dir das Handwerk legen. Trotzdem zerrte sie an den Kabelbindern und versuchte, sie zu lockern. Bachmann bemerkte ihre Anstrengungen und lachte amüsiert.

»Anfangs lief es bestens, dann kam leider eine kleine Pechsträhne und ich musste mir etwas Geld leihen. Zur Personalabteilung konnte ich damit verständlicherweise nicht, dafür benötigte ich zu viel. Unter meinen Mitspielern gibt es jedoch den ein oder anderen privaten Kreditvermittler. Die haben gerne kurzfristig ausgeholfen.«

Zocken in dunklen Hinterzimmern und Kredithaie hatte sie dem feinen Saubermann nicht zugetraut. Svenja grunzte abfällig. Verärgert runzelte Bachmann die Stirn über ihre Reaktion.

»Ich bin nicht spielsüchtig«, erklärte er plötzlich. »Die Zinsen bei den Geldverleihern waren unverschämt hoch und eine langfristige Lösung musste her. Bei einer Prüfung hatte ich dann die Idee: warum nicht das Geld von den

Sparbüchern nehmen, die seit vielen Jahren umsatzlos waren ...«

Seine Erklärung wurde von dem läutenden Telefon an Chefs Schreibtisch unterbrochen. Bachmann zwinkerte Svenja zu. »Wer das wohl sein könnte?«, fragte er mit übertriebener Stimme. Zügig, aber nicht hastig, ging er hin und warf einen Blick auf die Anzeige. »Welch Überraschung, die Sicherheitszentrale. Die Kollegen rufen garantiert wegen deines Notrufs an.«

Fassungslos über diese Dreistigkeit, sah Svenja schockiert zu, wie er das Gespräch entgegennahm. Dabei behielt er das unerträgliche Lächeln bei. Um dem Ganzen die Krone aufzusetzen, stellte er das Telefon auf laut.

»Revision Bachmann, was kann ich für Sie tun?«

»Wir haben einen Anruf von der Polizei erhalten, dass in der Zweigstelle ein Notfall vorliegt. Der Streifenwagen ist auf dem Weg und die Beamten benötigen Zugang zu den Räumlichkeiten«, erklang die Stimme einer Frau aus dem Hörer.

Bachmann schaute in Svenjas Richtung und schlug sich übertrieben eine Hand vor den Mund. »Ein unglückliches Missverständnis. Es gab eine Differenz in der letzten Geldablieferung und ich bin hier, um das zu überprüfen. Ich habe Herrn Hader vorher informiert. Leider hat der Kollege der Azubine nicht Bescheid gesagt. Als sie aus dem Archiv kam, hat sie sich erschreckt und überreagiert.«

Svenja kämpfte mit aller Kraft gegen den Knebel und versuchte, sich bemerkbar zu machen. Grinsend über ihre verzweifelten Anstrengungen drohte ihr Bachmann mit dem Zeigefinger.

»Okay«, antwortete die Kollegin aus der Sicherheitszentrale. »Sie kennen das Vorgehen. Nehmen Sie die Beamten in Empfang?«

Der Mistkerl seufzte übertrieben laut. »Sie müssen sich an die Abläufe halten, das verstehe ich. Aber das ist unnötig. Die Zweigstelle ist geschlossen und alle Geldbestände wurden abgeliefert. Fragen Sie bei den Kollegen nach und überzeugen

Sie sich selbst davon. Es gibt keinen Grund, zusätzliche Kosten mit einem Fehlalarm zu verursachen.«

Am anderen Ende der Leitung war Gemurmel zu hören. Dann raschelte es laut und eine Männerstimme meldete sich.

»Bommel hier. Was ist da los bei Ihnen?«

»Nichts! Alles bestens. Sie können gerne meinen Abteilungsleiter anrufen und sich bei ihm erkundigen. Ein Fehlalarm, kein Grund, sich Sorgen zu machen.«

Nein, ihr müsst euch an die Abläufe halten, flehte Svenja verzweifelt und kämpfte gegen den Knebel und die Fesseln an.

»Na gut, ich pfeife die Polizei zurück«, kam kurze Zeit später die Antwort. »Passen Sie in Zukunft besser auf.«

»Das machen wir, versprochen.«

Das Leben war kein Ponyhof und sie saßen in der Scheiße. Svenja hätte bei dem arroganten Lächeln des Abschaums am liebsten gekotzt. Mit weit ausgebreiteten Armen deutete er eine Verbeugung an und machte es sich auf dem Schreibtischstuhl bequem.

»Dein Plan war von Anfang an zum Scheitern verurteilt. Was glaubst du, wie viele Fehlalarme es jeden Monat bei der Glückauf Bank gibt? Bevor die Polizei eine Streife losschickt, wird erst brav angerufen. Hat man dir das nicht erklärt?« Nachdenklich kratzte er sich an der Schläfe. »Wo war ich stehen geblieben? Ach ja, die Sparbücher. Da liegen Hunderttausende, wenn nicht gar Millionen Euro seit Jahrzehnten nutzlos herum. Die Konten werden zwar gegen unberechtigten Zugriff gesperrt, aber das kann man leicht umgehen.«

Svenja atmete angestrengt durch die Nase. Inzwischen hatte sich das Plastik der Fesseln tief in ihre Handgelenke geschnitten. Mit den Verletzungen würde die Polizei hoffentlich begreifen, dass es kein Unfall war. Bachmann bemerkte stirnrunzelnd, was sie dort trieb, und sprang hektisch auf. Mit ein paar Schritten war er bei ihr und hielt ihr die Nase zu. Durch den Knebel konnte sie nicht atmen und die Luft ging ihr aus. Schwärze breitete sich vom Rand ihres Sichtfelds aus.

Heftig schüttelte sie den Kopf, aber er ließ nicht locker. Das Gefühl zu ersticken, wurde unerträglich und sie bekam Panik. Schnell wurde sie bewusstlos.

Als sie wieder aufwachte, lag sie flach auf dem Rücken und konnte sich nicht bewegen. Benommen sah sie sich um. Bachmann hockte auf einem Stuhl über ihr und hielt sie so am Boden fest. In der Hand hielt er den Briefbeschwerer und spielte damit herum.

»Ich möchte die Geschichte zu Ende erzählen.«

Svenja kämpfte gegen die aufkeimende Panik an. Konzentrierte sich stattdessen auf die Wut. Erzähl weiter! Das Handy nimmt alles auf und damit kriegen sie dich.

»Die perfekte Gelegenheit war der Fußballverein. Horst, der Alki, weiß nicht, was er tut, und ich habe inoffiziell meine Hilfe angeboten. Groß Fragen gestellt hat keiner – und ich habe das Vereinskonto teilweise aufgestockt.«

Eine gefühlte Ewigkeit schwieg der Mistkerl und starrte gedankenverloren ins Leere. Dann beugte er sich mit einer schnellen Bewegung vor und erschreckte Svenja damit fast zu Tode. Grinsend zog er ihr den Knebel aus dem Mund. War ihm der Monolog langweilig geworden? Sie bewegte vorsichtig den Kiefer, um die Muskeln zu entspannen.

»Das ging gut, bis Ingo Geldprobleme bekam«, vermutete Svenja.

Seufzend nickte Bachmann. »Gott sei Dank ist der Depp zu mir, weil Horst keine Ahnung hat.«

»Und zum Dank haben sie ihn umgebracht«, schnauzte sie ihn an.

Ein nicht deutbarer Ausdruck huschte über sein Gesicht und er kniff die Augenbrauen zusammen. »Was hätte ich sonst machen sollen? Alles gestehen, wie er vorgeschlagen hat? Auf keinen Fall – ich schlachte doch nicht die Gans, die goldene Eier legt.«

»Was haben Sie stattdessen gemacht? Ihn beteiligt? Ihn erpresst?«

»Ich habe seiner Familie gedroht.« Bachmann fletschte die

Zähne und gackerte wie eine Hyäne. »Sofort war Ruhe, aber ich habe dem Frieden nicht getraut. Dann taucht der Idiot beim Fest auf. Hat sich Mut angetrunken und wollte die Sache von Mann zu Mann klären.«

»Damit werden Sie nicht durchkommen«, stieß Svenja hervor. Hoffentlich passierte ein Wunder. Sie war zu jung zum Sterben.

Er lachte. »Früher oder später hätte ich Ingo ohnehin loswerden müssen. Es war kein Zufall, dass der Diebstahl aufgefallen ist. Alle Beweise führten zu ihm, dafür habe ich gesorgt. Der volltrunkene Auftritt auf dem Fest war die perfekte Gelegenheit. Für die Polizei ist der Fall abgeschlossen.«

»Und trotzdem sind wir Ihnen wegen der Vollmacht auf die Schliche gekommen.«

»Ja, damit habe ich es zu gut gemeint.« Bachmann zuckte mit den Achseln. Mit einer abrupten Bewegung griff er in seine Anzugtasche und holte ein paar medizinische Handschuhe heraus. Langsam streifte er sie über. »Genug geschwatzt, kümmern wir uns um das letzte Problem.«

Svenja bekam es mit der Angst zu tun. »Was haben Sie mit mir vor?«

Wie ein Arzt vor der Operation hielt er die Hände hoch. Ein diabolisches Grinsen breitete sich auf seinem Gesicht aus. »Mit den Spuren am Handgelenk scheidet ein Unfall aus. Ein tragisches Beziehungsdrama finde ich sowieso besser. Wie gut, dass so viele über dich Gerüchte im Umlauf sind. Außerdem hat jeder mitbekommen, wie du mit dem Hader geschäkert hast. Das blaue Auge und die aufgeplatzte Lippe runden die Geschichte ab. Eine heimliche Affäre endet mit zwei Todesfällen ... und ich werde euch ›zufällig‹ finden.«

21

Jens kam wieder zu sich. Der Schädel dröhnte unerträglich und ihm war kotzübel. Aus weiter Entfernung drangen dumpfe Stimmen an sein Ohr. Blinzelnd öffnete er die Augen. Die Welt war verschwommen und er konnte kaum etwas erkennen. Im Mund hatte er einen ekelerregenden Geschmack nach Alkohol. Langsam kamen die Erinnerungen zurück. Das Gespräch mit dem Revisor und der hinterhältige Angriff. Wie lange war er bewusstlos gewesen? Was war in der Zwischenzeit passiert?

Unauffällig machte er eine Bestandsaufnahme. Er saß gegen das Treppengeländer gelehnt. Kaum merklich bewegte er seine Glieder und konnte keine Einschränkungen feststellen. Neben ihm lag eine leere Flasche Korn. Der größte Teil des Inhalts war auf seinem Anzug und der penetrante Gestank ließ ihn fast würgen.

Er suchte die Quelle für die murmelnden Geräusche. Frau Bach lag ein paar Schritte entfernt auf dem Boden. Über ihr, auf einem Stuhl, mit dem Rücken zu ihm, Herr Bachmann. Den Oberkörper hatte er vorgebeugt.

So leise wie möglich kämpfte Jens sich auf die Beine. Der Raum drehte sich wie ein Karussell und er musste sich am Geländer festhalten. Ohne Zweifel hatte er von dem Schlag gegen den Kopf eine Gehirnerschütterung davongetragen. Als er sich zu schnell bewegte, wurde ihm übel und er hätte sich fast übergeben. Vorsichtig betastete er die Schläfe und zuckte schmerzerfüllt zusammen. An der Stelle war eine dicke Beule. Keine Zeit, sich darum zu kümmern. Solange Herr Bachmann abgelenkt war, musste er die Gelegenheit nutzen und ihn außer Gefecht setzen. Als einzige Waffe kam die leere Flasche infrage. Unsicher auf den Beinen und schwankend, wie ein Betrunkener, schlich er sich an. Er gab sich allergrößte Mühe, leise zu sein. Dass er wie eine Schnapsfabrik stank und sein Kommen im Voraus ankündigte, kam ihm zu spät in den Sinn.

Zwei Schritte entfernt fuhr Herr Bachmann herum und sprang vom Stuhl auf. Jens taumelte nach vorn und holte mit der Flasche aus. Er zielte auf den Kopf und schlug zu, dabei verlor er das Gleichgewicht. Erschrocken riss er die Augen auf: Er hatte nur die rechte Schulter getroffen. Von dem Treffer stolperte der Revisor zurück. Jens setzte entschlossen nach – der Schlag streifte nur den Oberkörper.

»Machen Sie das Arschloch fertig!«, feuerte ihn Frau Bach an. Sie versuchte zu helfen und trat mit den Füßen nach dem Angreifer. Sie hatte Glück und erwischte sein Schienbein. Jaulend riss er den Stuhl weg und schlug ihr auf die Nase. Blut spritzte und sie wimmerte vor Schmerzen.

Jens machte den Fehler und sah zu ihr. Ein heftiger Stoß holte ihn von den Beinen und er ließ die Schnapsflasche fallen. Der harte Aufprall raubte ihm fast die Sinne. Die Welt drehte sich im Kreis und er verlor die Orientierung. Herr Bachmann warf sich auf ihn. Das Gewicht presste Jens ächzend die Luft aus der Lunge. Ein Knie wurde ihm in die Rippen gerammt. Stark verschwommen sah er den Angreifer über sich, der etwas in der Hand hielt und damit zum Schlag ausholte. Wie in Zeitlupe kam der Gegenstand seinem Gesicht näher. In allerletzter Sekunde drehte Jens den Kopf zur Seite. Ein stechender Schmerz schoss durch seinen Schädel und bunte Farben explodierten vor seinen Augen.

Mit dem Mut der Verzweiflung kämpfte er gegen die drohende Ohnmacht an.

Mit Wucht riss Jens das Knie hoch. Herr Bachmann brüllte auf und krümmte sich zusammen. Außer Gefecht gesetzt war er dadurch nicht. Schwankend richtete er sich wieder auf, den Arm zum finalen Schlag erhoben. Dieses Mal gab es kein Entrinnen. Blindlings tastete Jens herum, seine Fingerspitzen streiften leicht eine glatte Oberfläche. Die Flasche schoss es ihm durch den Kopf. Mühsam streckte er sich danach und fast wäre sie weggerollt. Er bekam den Flaschenhals zu greifen und packte entschlossen zu. Mit aller Kraft schlug er zu. Ein dumpfer Aufprall und die Gestalt über ihm kippte, wie ein gefällter Baum, nach vorn. Schwer landete Herr Bachmann auf seiner Brust und Jens bekam keine Luft mehr. Wenige Sekunden später verlor er das Bewusstsein.

»Aufwachen Chef. Sie dürfen jetzt nicht schlapp machen!«, drang aus weiter Ferne eine weibliche Stimme an sein Ohr. Etwas klatschte ihm ins Gesicht und er öffnete stöhnend die Augen. Verschwommen erkannte er Frau Bachs Umrisse. »Ich brauche Ihre Hilfe«, beschwor sie ihn. Mit beiden Händen griff sie zu und half ihm auf die Beine.

Während seines Aussetzers hatte sie den Bewusstlosen von seiner Brust gezerrt. Mit gemeinsamen Kräften fesselten sie ihn mit den Kabelbindern. Nachdem Herr Bachmann sorgfältig verschnürt war, ging Frau Bach zum Schreibtisch und telefonierte. Jens saß währenddessen auf einem Stuhl und sah benommen zu. Die Treffer mit dem Briefbeschwerer hatten ihm ordentlich zugesetzt. Er fühlte sich benebelt und nahm alles wie im Traum wahr. Jegliches Zeitgefühl war ihm abhandengekommen.

Mit einem Mal wurde es in der Geschäftsstelle voll. Menschen in Uniformen liefen hektisch herum. Wie und warum die so plötzlich aufgetaucht waren, konnte er sich nicht erklären. Zwei Sanitäter führten ihn zu einer Trage und halfen ihm, sich hinzulegen. Vom Notarzt bekam er eine Spritze und er starrte angestrengt an die Decke.

»Sie haben ein beachtliches Chaos verursacht«, sagte eine bekannte weibliche Stimme. Jens drehte seinen Kopf und entdeckte Kommissarin Motz, die ihn skeptisch musterte.

»Nächstes Mal passe ich besser auf«, versprach er.

»Das war dumm und leichtsinnig von Ihnen«, legte sie plötzlich los. »Sie haben mir einen ziemlichen Schrecken eingejagt. Einfach losziehen und einen Mörder jagen.«

»Entschuldigung«, murmelte er und nickte. Das war ein großer Fehler. Der Raum drehte sich und ihm wurde schon wieder speiübel. Ächzend rollte er sich auf die Seite. Auf keinen Fall wollte er sich vor Publikum übergeben. Die Polizistin war auf der Stelle da und legte ihm eine Hand auf die Schulter. Jens rang sich ein schwaches Lächeln ab. »Tut mir leid, ich mache es mit einem Kaffee wieder gut.« Ups, das hatte er nicht laut sagen wollen. Peinlich war es ihm komischerweise nicht, was sicher an der Spritze lag.

»Ist das Ihr Ernst?«, fragte die Kommissarin und zog eine Augenbraue hoch.

»Sagen Sie schnell zu, bevor er einen klaren Kopf bekommt und es sich anders überlegt«, mischte sich Frau Bach ein. Langsam drehte er sich in die Richtung ihrer Stimme. Jemand hatte ihre Nase versorgt. Der Verband nahm das halbe Gesicht ein und sie sah blass aus, aber sie lächelte trotzdem.

»Dann haben wir eine Verabredung«, entschied die Polizistin. Jens entging nicht, wie sie Frau Bachs lädiertes Gesicht musterte. Ihre Miene wurde ernst und sie deutete auf die Lippe und das blaue Auge. »Das sieht älter aus. Darüber würde ich mich gerne mit Ihnen unterhalten.«

Hoffentlich ging sie auf das Angebot ein, flehte Jens im Stillen und wartete angespannt auf ihre Reaktion. Frau Bach zögerte deutlich und sah verunsichert in seine Richtung. Leise seufzte sie. »Ich überlege es mir. So kann es mit ihm nicht weitergehen.«

Mit wütendem Gesichtsausdruck fuhr die Kommissarin

zu ihm herum und machte einen drohenden Schritt auf ihn zu. »Sie …«

Frau Bach sprang dazwischen und hob die Hände. »Lassen Sie den Chef in Frieden. Er hat mit der ganzen Sache nichts zu tun!«

»Genug gequatscht«, mischte sich einer der Sanitäter ein. »Herr Hader braucht Ruhe und wir nehmen ihm zum Röntgen mit ins Krankenhaus. Der Rest muss warten!«

Jens war kein Freund von Arztbesuchen und erst recht nicht von einem Krankenhausaufenthalt. Am liebsten hätte er sofort Reißaus genommen. »Wir können darauf verzichten. Ich fühle mich besser und kann nach Hause gehen«, log er.

»Nichts da«, wies ihn die Auszubildende zurecht. »Ich fahre im Krankenwagen mit und leiste ihnen seelischen Beistand.«

Der Notarzt war von dem Vorschlag alles andere als angetan, aber Frau Bach ließ ihren weiblichen Charme spielen und setzte ihren Willen durch. Während der Fahrt behielt sie ihn genaustens im Auge. Den Zwischenfall, ihm fiel partout keine bessere Bezeichnung zu dem Erlebnis ein, schien sie überraschend gut weggesteckt zu haben.

»Herr Hader hat eine schwere Gehirnerschütterung und ein paar Prellungen. In den nächsten Tagen wird er heftige Kopfschmerzen haben, aber Schlimmeres ist nicht zu befürchten«, erklärte der Arzt.

»Der Dickschädel muss ja zu irgendwas gut sein«, sagte Frau Bach hörbar erleichtert.

»Hey, das habe ich gehört«, beschwerte Jens sich mit leiser Stimme und versuchte wach zu bleiben.

»Machen Sie ruhig ein Nickerchen und erholen Sie sich.«

Prompt fielen ihm die Augen zu.

22

Svenja begleitete den schnarchenden Chef bis zum Zimmer. Ihre Verletzung war gut versorgt und die Schmerztabletten wirkten bereits. Geduldig wartete sie, bis er wach im Krankenbett lag und sie endlich allein waren.

»Es geht mir gut«, versicherte er. »Sie können nach Hause gehen.«

»Nicht, ohne mich vorher bei Ihnen zu bedanken. Sie haben mir das Leben gerettet.« Rasch blinzelte sie die aufsteigenden Tränen weg. Auf keinen Fall wollte sie vor ihm heulen.

»Das hat sich so ergeben«, erwiderte er trocken und sie musste lachen. »Möchten Sie darüber reden?«

Sie überlegte kurz, entschied sich dann aber dagegen. Damit würde sie ohne Hilfe klarkommen. »Ne, ist schon in Ordnung. Machen Sie keine Dummheiten, während ich weg bin.«

Während er nickte, fielen ihm die Augen zu und er fing wieder an zu schnarchen. Vor seinem Zimmer wurde Svenja von der Kommissarin überrascht, die anscheinend auf sie gewartet hatte.

»Ich bringe Sie nach Hause, Frau Bach.« Der Ton duldete keinen Widerspruch, aber die Mitfahrgelegenheit kam ihr ganz recht. Wie nicht anders zu erwarten, lenkte die Polizistin das Gespräch auf ihr blaues Auge. Svenja wiegelte konsequent ab. Darüber würde sie im Leben nicht mit einer Gesetzeshüterin reden. Von dem Entschluss, den Chef, um Hilfe zu bitten, hatte sie inzwischen Abstand genommen. Sie würde es einfach aussitzen.

Den restlichen Tag verbrachte sie schlafend im Bett. Am nächsten Morgen rief sie kurz im Krankenhaus an und sprach mit dem Chef. Er sollte bis Ende der Woche bleiben und er schien sich damit abgefunden zu haben. Svenja war weiterhin krankgeschrieben und ihr wurde schnell langweilig. Ganz ohne Beschäftigung schweiften ihre Gedanken zu oft ab, was ihrer Laune nicht guttat.

Außerdem musste sie wissen, was in der Zwischenzeit, in der Glückauf Bank geschah. Kurzerhand schrieb sie sich selbst gesund und fuhr in die Hauptstelle. Die Personalabteilung informierte sie selbstverständlich nicht. Die würden ihr früh genug aufs Dach steigen.

In der Zahlungsverkehrsabteilung staunten die Kollegen nicht schlecht, als sie, mit dickem Pflaster über der Nase, dort auftauchte. Die unerwartete Hilfe nahm der Gruppenleiter trotzdem gerne an. Unter den neugierigen Blicken der Kollegen korrigierte sie Überweisungen.

In der Glückauf Bank versuchte man allem Anschein nach, die Vorkommnisse in der Geschäftsstelle zu vertuschen. Der Polizeieinsatz war nicht unbemerkt geblieben und es machten die wildesten Gerüchte die Runde. Sie und der Chef spielten dabei die Hauptrollen, was Svenja nicht im Geringsten juckte. Der Vorstand hüllte sich in Schweigen und verlor weder dazu noch zu Ingos Unschuld ein Wort. Während ihrer Mittagspause suchte sie vergeblich nach einem Polizeibericht in den Lokalmedien.

Am Folgetag das gleiche Spiel und Svenja wurde unausstehlich. Sie war stinkwütend auf den Vorstand, die Personalabteilung und die Polizei. In ihrer Wut schickte sie der Kommissarin eine bitterböse Nachricht und wollte wissen, was da los war. Die prompte Antwort glättete die Wogen etwas.

Ein bisschen Geduld, Frau Bach. Donnerstag 12:00 Uhr. Schalten Sie den Fernseher an oder das Radio ein.

Dann kam der große Tag. Svenja legte ihre Pause in die Zeit und setzte sich mit dem Handy in die Kantine. Die empörten und vorwurfsvollen Blicke der Kollegen ignorierte sie konsequent. Um Punkt zwölf war es so weit. Die Pressekonferenz der Polizei begann. Nach einer kurzen Einführung durch die Staatsanwältin übernahm Kommissarin Motz das Wort. Ausführlich informierte sie über den Stand der Ermittlungen im Mordfall Ingo Schwarz und den Diebstählen bei der Bank. Im gleichen Atemzug verkündete sie seine Unschuld und erwähnte die Unterstützung von, zwei namentlich nicht genannten, Mitarbeitern der Glückauf Bank. Svenja fiel ein Stein vom Herzen und sie stieß einen Jubelschrei aus.

Die Neuigkeit machte rasend schnell die Runde. In der Führungsetage herrschte sicher Panik, dachte Svenja schadenfroh. Schnell wurde reagiert. Die Personalabteilung veröffentlichte eine Information im Intranet und der Vorstand sprach mit der Presse. Ingos fristlose Kündigung wurde zurückgenommen und die Glückauf Bank übernahm die Kosten für die Beerdigung. Außerdem wollte man die Familie Schwarz finanziell unterstützen, damit sie nicht aus der Wohnung ausziehen mussten. Im Radio wurde sehr wohlwollend darüber berichtet und die Großzügigkeit des Vorstands gelobt. In den sozialen Medien sah man das kritischer und es gab einen Shitstorm, weil zuerst Ingo die Schuld in die Schuhe geschoben worden war. Das geschah denen ganz recht und Svenja hatte kein Mitleid.

Das war aber nicht alles. Die Enthüllungen der Polizei sorgten für zusätzliche Unruhe im Haus. Gezwungenermaßen musste die Revision den Fall erneut untersuchen. Schnell kam dabei heraus, dass Bachmann die Diebstähle untersucht und ihn niemand kontrolliert hatte. Daher waren die Unstimmigkeiten nicht aufgefallen. Rein prophylaktisch wurden umfangreiche Änderungen an den internen Kontrollmechanismen und Abläufen angekündigt. Eine Vorsichtsmaßnahme, damit so etwas in Zukunft nicht wieder passieren konnte.

Trotz der Erleichterung saß Svenja während der ganzen Zeit auf heißen Kohlen. Inzwischen wusste der Vorstand garantiert von ihrer Beteiligung an der Lösung des Falls. Begeistert waren die Damen und Herren sicher nicht und sie rechnete jederzeit mit einem Anruf der Personalabteilung. Man würde sie garantiert rauswerfen. Und was sie gegen Ralf Schreiber in der Hand hatte, würde sie nicht retten.

Das Telefon klingelte ständig. Neugierige Kollegen hatten etwas herausbekommen und wollten Details wissen. Der gefürchtete Anruf hingegen blieb aus. Von ›offizieller‹ Stelle hörte sie kein Wort und wurde ignoriert. Nachfragen traute sie sich nicht und ging weiterhin brav arbeiten und korrigierte Überweisungsbelege.

23

Während seines Krankenhausaufenthalts hatte niemand von der Arbeit Jens belästigt. Seine Krankschreibung hatte man ohne Nachfrage akzeptiert. Kaum war er wieder zu Hause, hatte Ralf Schreiber angerufen und ihn zu einem Termin in die Hauptstelle eingeladen.

Am Montag danach saß er in einem schicken Besprechungszimmer in der Vorstandsetage. Auf dem Tisch standen Gebäck und frisch gekochter Kaffee. Herr Geier, der Vorstandsvorsitzende, hatte es sich nicht nehmen lassen und war höchst persönlich zu dem Termin erschienen. Auf seiner Halbglatze glänzten Schweißtropfen und er musterte Jens angestrengt über den Rand seiner Brille hinweg. »Wie geht es Ihnen mit dem Schlamassel, den Sie uns eingebrockt haben?«

»Gut«, antwortete Jens. Mit seinen eigenmächtigen Nachforschungen hatten Frau Bach und er gegen verschiedene Dienstanweisungen verstoßen. Laut dem Personalrat war Ralf außer sich gewesen und wollte beiden fristlos kündigen. Der Vorstand hatte dem Vorhaben bisher nicht zugestimmt. Offenbar ging es in diesem Gespräch um seine berufliche Zukunft. »Was den Schlamassel betrifft: Dafür war ich verantwortlich. Frau Bach hatte nichts damit zu tun und ich habe sie gezwungen mir zu helfen.«

»Blödsinn«, fauchte Ralf. »Dieses Mist ... dieses Individuum hat von Anfang an mitgemacht und wird dafür die Quittung bekommen!«

»Das reicht«, wies ihn Herr Geier zurecht. »Frau Bachs Zukunft steht hier nicht zur Debatte. Das ist entschieden, ob es Ihnen nun passt oder nicht, Herr Schreiber.«

»Sie darf bleiben?«, vermutete Jens. Eine Baustelle weniger, um die er sich Sorgen machen musste.

Der Vorstandsvorsitzende nickte und rang sich ein schiefes Lächeln ab. »Die Umstände sprechen für die Kollegin, daher lassen wir Gnade vor Recht ergehen.«

Ralf saß schweigend, mit hochrotem Kopf daneben. Die Hände waren zu Fäusten geballt und er presste sie so fest zusammen, dass die Knöchel weiß hervortraten. Jens entdeckte rein zufällig die blauen Flecken. Plötzlich machte es Klick und er verstand. Rasch redete er weiter und tat, als sei nichts gewesen. »Das freut mich. Frau Bach ist eine talentierte Verkäuferin und sollte gefördert werden.«

Herr Geier warf dem grummelnden Ralf einen warnenden Blick zu. »Das mag stimmen, aber in dem Termin geht es um Sie, Herr Hader. Aus gegebenem Anlass werden Sie wieder als Leiter eingesetzt. Derzeit sind leider keine passenden Stellen frei, daher bieten wir Ihnen, als vorübergehende Lösung, einen Beraterplatz bei alter Bezahlung an.«

Der Vorstandsvorsitzende machte ein Gesicht, als hätte er in eine Zitrone gebissen. Jens musste sich ein Lachen verkneifen. Diese Entwicklung hatte er erwartet. Eine reine PR-Maßnahme, man würde seine Beteiligung an der Lösung des Falls publik machen und damit neue Kunden anlocken. ›Lassen Sie sich vom Z-Promi der Glückauf Bank beraten.‹

»Nein, danke«, lehnte er das Angebot freundlich ab. Als Werbegesicht wollte er nicht herhalten. Während des Krankenhausaufenthalts hatte er eine Entscheidung getroffen, wie seine Zukunft aussehen sollte.

Ralf konnte ein hämisches Grinsen nicht verbergen. Herrn Geier hingegen klappte die Kinnlade herunter.

Er räusperte sich umständlich. »Leider können wir Ihnen im Augenblick keine andere Lösung anbieten. Es wäre nur vorübergehend ...«

»Das brauchen Sie nicht. Ich wechsle wie geplant in das Springer-Team. Es ist eine gute Gelegenheit, andere Zweigstellen kennenzulernen. Nach so vielen Jahren ist es Zeit für eine Veränderung. Ich kann es kaum erwarten, die Kolleginnen und Kollegen zu unterstützen.«

Das war ein wenig dick aufgetragen, aber im Grunde stimmte es. Seit der Ausbildung war er in der gleichen Filiale gewesen und war bequem geworden. Frau Bach hatte recht: Er musste offener für Neues sein. Nachdem er knapp dem Tode entronnen war, wollte er in Zukunft mehr wagen. Abgesägte Leiter oder Berater wurden zwar in der Bank eher mitleidig betrachtet. Das war ihm egal!

Ralf reagierte als Erster. »Mit der Entscheidung verzichten Sie auf das Gehalt eines Geschäftsstellenleiters und werden wie die anderen Springer bezahlt. Das wissen Sie?«

Ja, den Änderungsvertrag hatte er beim Termin in der Personalabteilung unterschrieben. Trotzdem hatte sich aus heiterem Himmel der Personalrat gemeldet. Sie wollten den Sachverhalt von einem Gewerkschaftsanwalt prüfen lassen und gegebenenfalls weitere Schritte einleiten. Das Angebot hatte er dankend angenommen, egal, was dabei herauskommen würde.

»Wir werden sehen, was das betrifft. Du kannst mir Bescheid geben, wenn das geklärt ist.« Er freute sich über Ralfs verärgerten Gesichtsausdruck. Vor zwei Wochen hätte er nicht den Mund aufgemacht. Inzwischen dachte er anders darüber. Mit Schweigen war niemandem geholfen.

»Wie geht es jetzt mit Frau Bach weiter?«, wechselte er das Thema. Sie hatte ihm zwar versichert, dass alles in Ordnung sei, aber er wollte es von den Verantwortlichen persönlich hören.

Herr Geier kniff die Augenbrauen zusammen und sah zu Ralf, der krampfhaft versuchte seine Verärgerung zu verbergen. »Wir ziehen in Betracht, ihr Verkaufstalent zu fördern und suchen einen passenden Einsatzort für sie.«

Das waren erfreuliche Nachrichten. An den Gerüchten, die über sie im Umlauf waren, änderte es leider nichts, aber sie hatte eine faire Chance verdient. Frau Bach würde sich durchbeißen, davon war er überzeugt. Mit Kommissarin Motz hatte sie enttäuschenderweise bisher nicht gesprochen.

Zu der Polizistin hatte er inzwischen privaten Kontakt. Sie war überraschend am Tag seiner Entlassung im Krankenhaus aufgetaucht und hatte ihn abgeholt. Der Grund war seine unüberlegte Einladung gewesen. Frau Bach hatte ihr den Floh ins Ohr gesetzt, dass er sich drücken würde, wenn sie ihm nicht zuvorkam.

Jens hielt Wort und lud sie in ein schickes und teures Café ein. Dort verriet Frau Motz ihm, dass Herr Bachmann seit seiner Festnahme schwieg. Trotzdem brauche Jens sich keine Sorgen machen, die Beweise waren erdrückend. Außerdem war Horst, nachdem die Vorgänge an die Öffentlichkeit gekommen waren, sehr mitteilungsbedürftig und das ganz ohne Alkohol. So ahnungslos war er wohl nicht gewesen. Danach unterhielten sie sich über private Dinge. Das war schön gewesen und eine Wiederholung nicht ausgeschlossen.

»War es das?«, holte ihn Herrn Geiers Stimme zurück in die Gegenwart.

»Eine letzte Frage habe ich: Wo ist mein nächster Einsatzort?«

»Das erklärt Ihnen der Kollege Schreiber. Ich habe jetzt in einen wichtigen Termin mit der Presse«, sagte der Vorstandsvorsitzende und verließ hastig den Raum.

»Die Geschäftsstelle im Ruhrpark bekommt nächste Woche einen automatischen Kassentresor und du wirst dabei helfen«, erklärte Ralf mit eisigem Blick.

Mit geheucheltem Interesse hörte Jens zu und blickte bewusst auffällig auf dessen Knöchel. Nach einem Augenblick bemerkte der das und nahm die Hände vom Tisch.

»Hast du dich geprügelt?«

»Das geht dich nichts an!« Ralf stand auf und wollte gehen.

Jens war schneller und versperrte ihm den Weg. Grob schubste er ihn in den Sessel zurück. »Ich bin neugierig. Verrat es mir!«

»Drehst du jetzt komplett durch?«, kam die wütende Erwiderung.

»Lass deine Finger von Frau Bach! Oder ...«, stieß Jens zwischen zusammengebissenen Zähnen hervor.

»Ich habe mit der dummen Azubine nichts zu tun!«

»Du weißt, was ich meine. Das hört SOFORT auf, oder du wirst es bitter bereuen!«

»Drohst du einem Vorgesetzten?«, fragte Ralf mit letztem bisschen Würde.

»Nein«, antwortete Jens. »Das ist ein Versprechen!« Mit einem letzten drohenden Blick verließ er das Besprechungszimmer. Die Hände steckte er dabei tief in die Hosentaschen, damit niemand merkte, wie sie zitterten. Im Aufzug beruhigte sich langsam sein rasender Herzschlag ein wenig. Bei der Drohung hätte er sich vor Angst fast in die Hosen gemacht. Gott sei Dank, hatte Ralf davon nichts bemerkt. Um etwaige Konsequenzen machte er sich keine Sorgen. Der Mistkerl würde ihn sicher nicht anschwärzen und jemandem etwas von der Drohung erzählen.

Er verließ die Hauptstelle der Glückauf Bank und blieb einen Augenblick mit geschlossenen Augen im Sonnenschein stehen.

24

Svenja wartete ungeduldig beim Haupteingang der Glückauf Bank. Neben ihr stand, ein wenig eingeschüchtert, Nils. Gemeinsam wollten sie den Chef überraschen und mit ihm ein Eis essen gehen. Entweder auf die guten oder schlechten Nachrichten. Die Idee, Ingos Sohn mitzunehmen, war ihr spontan gekommen. Es wurde Zeit, das Missverständnis zwischen den beiden in Ordnung zu bringen. Der Chef würde sie einladen und wusste bis jetzt nichts von seinem Glück.

Sie warf einen Blick auf die Uhr. So lange konnte der Termin beim Vorstand nicht dauern. Hoffentlich lief es gut und er bekam keinen Ärger. Die Personalabteilung hatte ihr am Freitagnachmittag, eine kurze E-Mail geschickt und mitgeteilt, dass man eine neue Zweigstelle für sie sucht. Bis dahin war sie im Zahlungsverkehr geparkt. Bei der guten Nachricht war ihr ein Stein vom Herzen gefallen.

Am gestrigen Abend wartete vor ihrer Eingangstür die nächste Überraschung. Daniel tauchte auf und wollte mit ihr reden. Dieses Mal jagte sie ihn nicht zum Teufel und hörte stattdessen zu. Sie akzeptierte seine Entschuldigung, war aber trotzdem wütend auf ihn, weil er unbedingt ihre Beziehung geheim gehalten hatte.

Ja, es war eine Beziehung gewesen und ja, wenn man

pingelig war, konnte man es als Ausnutzen eines Abhängigkeitsverhältnisses bezeichnen. Sie hatte eine andere Meinung dazu: Sie war volljährig und ihr einziger dienstlicher Kontakt waren Verkaufsschulungen gewesen. Dass er mit dem Vorstandsvorsitzenden verwandt ist, fand sie nur zufällig heraus. Trotzdem kein Grund für die Heimlichtuerei und das Theater.

Zerknirscht gestand er seinen Fehler ein. Angeblich hatte er seine Einstellung dazu radikal geändert und wollte einen Neuanfang. Beruflich und privat. Daher hatte er die Stelle bei der Glückauf Bank gekündigt und fing in vier Wochen bei einer Unternehmensberatung an. Im gleichen Atemzug bat er sie um eine zweite Chance und ein richtiges erstes Date.

Nach langem Abwägen vertröstete sie ihn auf einen späteren Zeitpunkt. Das Problem mit Schreiber war nicht gelöst und schwebte wie eine böse Gewitterwolke über ihrem Kopf. Ausgestanden war das definitiv nicht. Trotzdem konnte sie sich nicht überwinden, um Hilfe zu bitten. Ralf war ein Arschloch und ein totales Ekel, aber sie traf eine Mitschuld an dem Desaster.

Genau rechtzeitig, bevor sich ihre Laune verschlechtern konnte, trat der Chef ins Freie. Auf der untersten Treppenstufe blieb er stehen, legte den Kopf in den Nacken und lächelte mit geschlossenen Augen in die Sonne.

»Nicht träumen, Chef«, rief sie ihm von der Seite zu und schlenderte in seine Richtung. »Wie war Ihr Termin?«

Blinzelnd musterte er sie. »Ganz okay«, antwortete er unverbindlich und zuckte dann mit den Achseln. Dabei entdeckte er Nils, der sich im Hintergrund hielt. »Was machen sie beide hier?«

»Wir gehen mit Ihnen zur Eisdiele und Sie laden uns zu einem Eis ein«, erklärte Svenja lächelnd.

»Tue ich das?«

»Das haben Sie mir selbst gesagt: Als Entschuldigung und Wiedergutmachung für den Schrecken laden Sie Nils und mich zu einem Eis ein«, legte sie ihm die Worte vor.

Der Chef musterte den Jungen, der nach einem Augenblick nervös wegsah. Dann lächelte er. »Ja, ich erinnere mich. Welche Eisdiele soll es denn sein?«

»San Marco, da gibt es das beste Spaghettieis auf der ganzen Welt«, erklärte Nils begeistert.

Zehn Minuten später saßen sie in der warmen Sonne am Tisch. Nils' Mund und das halbe Gesicht waren mit Eis verschmiert. Viel sagte er nicht, aber für den Augenblick machte er einen zufriedenen und glücklichen Eindruck. Svenja lächelte und nahm einen Schluck von ihrem Bananen-Shake. Nachdenklich musterte sie den Chef, der mit seiner Eistüte kämpfte. Er bemerkte ihren Blick und wirkte sofort alarmiert.

»Was führen Sie im Schilde?«

Sie zwinkerte ihm zu. »Meinen Sie nicht, es wird langsam Zeit, uns zu duzen? Immerhin haben wir den Fall gemeinsam gelöst.«

Theatralisch seufzte er. »Darüber reden wir später, Frau Bach. Ihre Ausbildung ist noch nicht beendet.«

»Aye, aye, Chef«, antwortete sie lachend.

Ende

DANKSAGUNG

DANKE!

Hat Ihnen die Geschichte um die beiden Hobbyermittler Bach & Hader in Bochum gefallen? Falls ja, freue ich mich sehr über eine Bewertung auf Amazon.

Außerdem ein großer Dank an die Leserinnen und Leser für die Unterstützung.

Für alle, die wissen wollen, wie es weitergeht: Einfach Harry Linden auf Amazon folgen und über jede Neuerscheinung informiert werden.

Ihr Harry Linden

E-Mail: harry.linden.autor@gmail.com

© 2023 Harry Linden
Jl. Kusuma Sari No.1A, Sanur, Indonesien
harry.linden.autor@gmail.com

Cover: Harry Linden

Das Werk, einschließlich aller seiner Teile, ist urheberrechtlich geschützt. Jede Verwertung ist ohne Zustimmung des Autors unzulässig. Dies gilt insbesondere für Vervielfältigungen jeder Art, Übersetzungen und die Einspeicherung in elektronische Systeme.

Printed in Poland
by Amazon Fulfillment
Poland Sp. z o.o., Wrocław